意林

高票好文
GAOPIAO HAOWEN

许岁月长久，愿时光厚爱

《意林》编辑部 编

吉林摄影出版社
·长春·

图书在版编目（CIP）数据

许岁月长久，愿时光厚爱/《意林》编辑部编. --
长春：吉林摄影出版社，2023.5
（意林高票好文）
ISBN 978-7-5498-5790-6

Ⅰ.①许… Ⅱ.①意… Ⅲ.①散文集—中国—当代
Ⅳ.①I267

中国国家版本馆CIP数据核字(2023)第078963号

意林高票好文·许岁月长久，愿时光厚爱
YILIN GAOPIAO HAOWEN XU SUIYUE CHANGJIU YUAN SHIGUANG HOUAI

出 版 人	车　强
主　　编	顾　平　杜普洲
责任编辑	王维夏
总 策 划	蔡　燕
统筹策划	许树平
设计总监	资　源
执行编辑	许树平
封面设计	金　宇
美术编辑	岳红波
发行总监	王俊杰
封面供图	瑞景创意
开　　本	700mm×1000mm 1/16
字　　数	150千字
印　　张	8
版　　次	2023年5月第1版
印　　次	2023年5月第1次印刷

出　　版	吉林摄影出版社
发　　行	吉林摄影出版社
地　　址	长春市净月高新技术开发区福祉大路5788号
	邮　编：130118
电　　话	总编办　0431-86012616
	发行科　0431-86012602
经　　销	全国各地新华书店
印　　刷	天津泰宇印务有限公司

书　　号	ISBN 978-7-5498-5790-6	定　价：	20.00

版权所有　翻印必究

（如发现印装质量问题，请与承印厂联系退换）

目录

洗衣进行曲	明前茶	001
鱼拓画	张 炜	002
会飞的鹅	王忠学	003
那一年，我打了继父	王小吉	004
光影之间	安 宁	005
护工小碗	彭瑞高	006
搬　家	王 蒙	007
暖暖的鸡蛋	赵明宇	008
婶娘的弥留之际	毕飞宇	009
巷子里的老妈妈	张晓风	010
爱，踩着云朵而来	丁立梅	011
星空下的鱼头砂	盛文强	012
一束阳光的奇迹	许诚谊	013
自得其乐	肖复兴	014

简单相信，傻傻坚持
口述/樊锦诗 撰文/顾春芳 周晓枫 015

半条腿的母亲	高云红	016
母亲的沉静	刘心武	017
泥花父亲	朱宜尧	018

目录

璀璨的篝火会	尤 今	019
不 敢	张燕峰	020
活 着	余 华	021
冲 刺	莫小米	022
末班车上	明前茶	023
我知道父亲会为我兜底	林特特	024
动情时刻	木 心	025
不用付钱	刘荒田	026
满目皆是	莫小米	027
珍惜能吵架的朋友	[日]松浦弥太郎译/陶 芸	028
剪婆婆	聂鑫森	029
母亲节的玫瑰	程 玮	030
作 伴	叶倾城	031
无声的力量	莫小米	032
百麦不成面	杨 枥	033
当你数到一百颗星星的时候	张佳玮	034
从容的淑姨	明前茶	035
会吹口哨的红脸巴	王小柔	036
香水老人	张立雄	037
认真地致谢	韩浩月	038
爬山的人	尤 今	039
悼念一只鸡	李汉荣	040

目录

传 承	苗 炜	041
爱我就请搭火车	林小夕	042
文头雪和爱玉冻	谭幼今	043
呼噜奇缘	朝 雨	044
晚星就像你的眼睛	窗外风	045
石 榴	玄 月	046
瓜窖的秘密	明前茶	047
爱到最后一分钟	尤 伶	048
一笔一笔，柔肠情深	钱红莉	049
贴在崖壁上的"生活费"	徐立新	050
半碗蛋炒饭	毛芦芦	051
抛弃一切无益之事	宋石男	052
我在教丁香树开花	刘继荣	053
听 蟹	徐 林	054
没钱有情致	于 丹	055
站在后台看人生	朱光潜	056
选择痛苦	林小夕	057
树龄与人龄	刘琪瑞	058
当重新出门看见天空	叶倾城	059
什么是真正的交情	钱钟书	060
只有卷帘人，依旧	许冬林	061
会飞的鸭子	孙雪梅	062

目录

生命的盛宴	李银河	063
一人食	子沫	064
猎人小牧	张鸣	065
企鹅拯救波普之家	明前茶	066
鸵鸟	尤今	067
烤鸭子	萧红	068
水心	王鼎钧	069
母亲禅	刘世河	070
毽子里的铜钱	琦君	071
只有拼命奔跑，才能留在原地	张丽钧	072
用温暖的心活着	曹春雷	073
敬畏一粒米	林文钦	074
养个小丑在心里	尤今	075
扶轮问路	史铁生	076
外婆的美学	李汉荣	077
奶奶的蚕豆	毕飞宇	078
人性的光辉	阴绯	079
树帖	赵大民	080
爱的化学反应	猴子	081
如果没有笑，人生多荒凉	刘继荣	082
流水一般的耐心	毕飞宇	083
书房花木深	冯骥才	084

目录

楼上有楼	尤 今	085
顶针奶	郭震海	086
我是个手抖的人	傅 斐	087
那些她不知道的诗	申赋渔	088
够得着的快乐	刘世河	089
为别人委屈自己	陈鲁豫	090
一碗羊肉汤	王南海	091
可爱的废话	谭幼今	092
他的父亲	[美]约翰·斯坦贝克	093
记忆中的味道	康德华	094
替母亲穿针	李汉荣	095
积极的人生不妨做减法	梁晓声	096
随遇而安	莫小米	097
站远一点,才有机会感动	郭韶明	098
知己是你的树	陈 果	099
听父打鼾,拍儿入眠	闻云飞	100
少年的涅槃	陈义怀	101
母亲与照片	祝 勇	102
人生第一个行李箱	韩浩月	103
我是这位美女的爸爸	刘继荣	104
一把稻穗的传承	沈希宏	105
姐妹俩	尤 今	106

目录

江米芬的奇迹	羽　毛	107
人间有味	朱博艺	108
燕子来时	何君华	109
暴风雪后的马群	格日勒其木格·黑鹤	110
烟云供养	耿艳菊	111
香到谷子里	沈希宏	112
幽默和诗	周国平	113
与600棵梨树相伴	余　冰	114
执子之手，与子偕老	浮生默	115
总有人拼尽全力地活着	姓氏乔	116
"哼"匠老梁	尚书华	117
会有人撑船过海，渡你回家	语笑嫣然	118
终生有痛来，亦可不悲哀	语笑嫣然	119

洗衣进行曲

□明前茶

小葛花大半年时间整修山间的老民宅，打算把它改造成民宿的时候，替她把书和茶具从山下挑上来的当地民工都问她："你怎么会看上这么荒僻的地界？"她无法向他们解释，她做这个决定是因为看到了山涧宽阔处，女人在水中浣洗床单的优美身姿。

小葛见到的当地女子大约30岁，她把沾满了皂荚汁又经过百般捶打的粗布床单抖开，像掷铁饼者那样急速地奔跑几步，180度扭腰，床单便像巨人的斗篷一样鼓风而行，翩翩落入溪涧中。这哪里是在洗衣，分明是在游戏。小葛与她攀谈，知道她曾经外出打工，如今回来做山货生意，还是抖音上的一个小网红。做出返乡的决定，除了放不下一双儿女外，关键是这女人使不惯广州出租屋里的洗衣机："室友有的爱用柔顺剂，有的爱用护衣留香珠，洗出来的衣服和床单总有一股怪香。"她闻惯了皂荚或粗肥皂的清气，觉得晚上躺在床上都睡不沉，思归之意，愈发心切。

小葛听得会心而乐。她硕士毕业后，坚拒英国导师让她读博的暗示，毫不犹豫地要回国，也是因为受不了英国带烘干机的自动投币洗衣机。英国人没有在外晾晒衣服的传统，机器洗出来的衣服热烘烘的，等到一冷却，全都变得硬邦邦，穿在身上"像乌鸦穿上铠甲"。再加上被自动投放的洗衣液和留香珠的程序，搞得小葛觉得自己像一只被喷了好多香水的乌鸦。

每天要洗的内衣裤和袜子，小葛只能用国内带去的衣架，偷偷挂在壁灯的灯架上、窗户的雕花铁艺上、衣橱抽屉的把手上晾着，等待阴干。早秋是最难受的，暖气还没开启，挂在壁灯罩子里三天的袜子，前脚掌还是潮乎乎的。

她那个时候就发誓要回国，找一个能光明正大晾晒衣服的地方过日子。山涧上洗衣的抖音网红跟她说："咱这儿包洗包晒，等到了初冬，晒场上不再晒谷子红薯，别说晾几床被套床单，就是办一场大秀，也够地方。"

小葛就直接上了钩。她与两位同样上钩的闺蜜每人投资100万，在山中租用一座老宅院，改造成了民宿。小葛给民宿起名"出岫居"，意思是开窗即有云雾扑怀而来，露台上也可见一朵一朵被晚霞染成粉橘色的云，被风吹送，很快就要吻上这边的屋脊。小葛经常在朋友圈里晒青团、麻薯饼、乌黑发亮的岩茶、秋果秋叶插成的小景、对山凝望的沉思之猫，还有被山风鼓荡的皂荚果和床单。

我私信她："看来你终于实现了床单被太阳晒得好香的梦想。"她回了实话："除了拍照，洗衣洗床单哪能靠太阳？此地一年有雾250天，拍照有仙气的另一面是，我买石灰吸潮包，一买就是50个。若不是两台大功率抽湿机和三台带烘干机的洗衣机昼夜开启，那些带着狗和酒、书和琴的客人，一定不会再信世间有什么桃花源了。"

（图/豆薇）

鱼拓画

□ 张　炜

一位多年不见的海边好友,从打磨文字的作家变成了画家。他展示的一幅幅作品,令我无比惊讶,都画了鱼,大鱼小鱼,那么逼真而古朴。

我向他讨了一幅。

我选中一条一尺多长的黑色大鱼,说:"这好像是一条比目鱼吧。"

他说:"是的,一条比目鱼。"

他指着墙上的画,依次告诉我:"赤鳞鱼、鲷鱼、鲳鱼……这是一条红鲷,多大的红鲷啊,四斤二两!"

最后一句让我吃惊:他显然在说一条真实的鱼。看着我惊讶的样子,他主动解释道:"我忘了告诉你,这不是一般的画,这是'鱼拓画'。"

"什么是'鱼拓画'?"

"就是给鱼做拓片,像拓碑一样,把宣纸放在上面……"

这令我更加惊奇。我马上想到的是要等活蹦乱跳的鱼死去,等它僵硬时,然后再涂墨,按上宣纸。

我尽力发挥想象,说:"如果没有猜错,你肯定要把逮到的大鱼搁置一会儿,等它不动了才开始动手。这大约需要多次实践,积累经验,比如墨色浓淡、宣纸按上去轻拍重拍、怎么把握力道等,最后才能题字落款,成为一幅作品。"

我像一位内行这样说时,其实内心已经在琢磨怎样亲手做一幅"鱼拓画"了。我说着,极力隐藏自己要当一位艺术家的跃跃欲试的野心和冲动。

谁知朋友马上摇摇头,"死鱼不能拓画。"

"用活鱼?这怎么行?"我的声音变大了。

"让鱼安静一会儿,但不能让它死去。安静的鱼和死去的鱼是不一样的,死鱼,拓出的画也是死的,那就没什么价值了。"

听上去既有道理,又过于玄妙。我甚至认为他有点儿太较真儿或太讲究了,因为显而易见的道理:只有死去的鱼才会有木石一样的标本作用,那时操作起来才得心应手。我微笑不语,看着他。

"我让鱼安静下来,让它睡一会儿,在这段时间里抓紧完成。"

"怎么让它睡着?"

"一点儿酒吧。"

我明白了,它醉眠后,他开始往它身上小心翼翼地涂墨。怎样涂?

如预料之中,他语焉不详。大致是按照丰富的经验施墨,而且在宣纸和鱼结合成一体的时候,拍按之间,需要高度的技巧。鱼鳞、鱼鳍,特别是鱼的眼睛,都要传神地表达出来。他一再强调"眼睛"。

这使我想到:鱼是有神气的,鱼是有神采的,鱼是有心情的。是的,我不得不确认这样的一种理念,对于一条海中生灵而言,最能传递这一切的当然只能是眼睛。

它要注视,它的悲哀或怜悯都要从目光中流露。它从自己的那个方位投向人间的神情,即便在这样的瞬间也不会泯灭。

他告诉我,一张好的鱼拓画可以把鱼和鱼之间的不同表现出来,也可以将同一种鱼的不同时刻表达出来。不同的鱼,不同的时刻,都在画纸上凝固了,却是凝固了栩栩如生的那个瞬间。

我长时间沉默,在想鱼和艺术,想生命的奉献,想短暂和永恒。这样一些关系纠缠在艺术创造之中,从来没有例外。

离开了这样的领悟,所谓的艺术就会变得木讷。而那些看起来木讷的用来做拓片的石碑之类,却蕴含十足的生命力。

一条大鱼留下自己生前的刻记。它带着水族的秘密来到面前,那一刻刚刚沉睡。它曾经活生生地、惊讶地看着这个新的世界,看着和自己完全不同的生命,睁大双眼……

(图/蝈蝈猫)

会飞的鹅

□王忠学

娘到姥姥家去了一趟，带了十几个鹅蛋回来，焐在炕头，每天精心地照看，终于孵出了八只小鹅。每天放学，我都提着棍子出去放鹅。我经常把某一只小鹅抱到怀里，轻轻抚摸着它黄色的、细茸茸的毛，手上便有了一股温暖。

尽管我对自己的职责非常尽心，还是损失了三只小鹅，一只被后院张婶家的狗叼去了，一只让老鼠咬死了，还有一只出门遇上了车祸。娘气得指着我的鼻子骂，说我光吃饭干不来正经事儿。我害怕了，幸好没再出现类似的非正常减员。

再到春天的时候，五只小鹅都长成了大鹅，身上的羽毛硬了，一只只健壮得很，偶尔挺起胸膛扑扇两下翅膀，俨然壮士模样。再遇到谁家的狗，它们能一口气把狗撵得老远。

一个晴朗的天气，脸色同样晴朗的娘从身后像变戏法一样拿出一个物件来。我一愣，居然是鹅蛋，通体雪白，个头顶仨鸡蛋了。娘高兴地说："算你小子走运，咱家鹅开张了，今儿个这蛋，给你煎了吃吧！"

我还记得那鹅蛋的滋味，不时咂吧咂吧我的小嘴，心里盘算着，一公四母五只鹅，隔天下个蛋，平均一天两个，一个月就是六十个呀，还不撑坏我的小肚皮？哪承想，娘再也不让我碰它了，积攒下来的鹅蛋，被娘装到一个垫着稻草的干葫芦里，够了一定数目，就都卖给想孵小鹅的邻居们。虽不大情愿，我也没什么办法。

终于有一天，鹅群在公鹅的率领下，意气风发地闯进猪圈，向一头即将临产的母猪挑衅。发疯的母猪一口叼住公鹅的脖子，公鹅折腾半天，雪白的羽毛漫天飞舞，最终也没能挣脱母猪的嘴巴，没一会儿就断了气。受惊的母鹅四处逃窜，像狗急跳墙似的，居然扑扇着翅膀跳出了猪圈。

公鹅的肉大多被我吃了，沾了满嘴的油。娘没吃几口，一个劲儿地叹气。我不知道娘为什么不高兴，公鹅不能下蛋，吃了就吃了吧。后来，没有邻居来家里买鹅蛋了，娘把积攒下来的鹅蛋都装进大坛子里，灌满水，撒了厚厚一层盐腌起来了。

也许因为猪圈事件，鹅们突然意识到掌握一种逃生本领的重要性，开始勤于练习。鹅们不时扑扇起翅膀，双脚一跃就跃得一人来高，飞上几十米远。我开始好奇了，它们会不会变成天鹅？

正是从那时起，鹅窝里收不回几个蛋了，娘气得唠叨，这帮胳膊肘往外拐的烂东西，也不知道把蛋下哪儿去了！终于有一次，娘忍不住，拿根棍子就拍上了，结果，奇迹出现了。一只鹅不堪殴打，往空中一蹿，飞起来了，飞得有树那么高，像一道白色的弧线，快接近地面时，它用宽大的翅膀拍打着空气，又升得高了些。其他的鹅也学起了它的样子，向远处飞去。

娘惊呆了。

我也惊呆了。

还是娘反应快，叫了一句："小兔崽子，快追呀！"

我顺着鹅飞走的方向飞奔，娘在后面跟着。我终于看见几只鹅越飞越低，最后落到二大爷家，径直钻到外屋的柴火堆里。

四只鹅被抓回来了，娘用尼龙绳把它们拴到下屋，怕万一再飞走，找不回来。后来，鹅下蛋越来越少，娘把它们全宰了，炖了几锅肉，填满了我的肚子。

为了那四只鹅，娘心疼了好久。

（图/兜子）

那一年，我打了继父

□ 王小吉

心理学家说，每一个人的内在都带有天然的攻击性，这是生命原始的动力，也是我们人作为动物在早期恶劣生存环境下的一种自我保护的本能。

关于攻击性，我的一个朋友小星给我讲过这样一段不同寻常的经历。

小星出生在一个平凡的家庭，父母都是普通企业的普通员工，尽管家庭经济条件一般，但生活还过得去。

爸爸给小星的印象是沉默寡言，逆来顺受。八岁之前，父母偶有争执，父亲总是选择隐忍。因为只有小星一个孩子，所以小星在八岁之前的日子过得还算轻松惬意。

直到小星八岁生日那天，父亲多喝了两杯酒，被母亲连声呵斥后，压抑许久的情绪突然爆发，父母从最初的口头争吵演变成了身体冲突。一气之下，小星妈妈和小星爸爸提出了离婚。因为离婚时爸爸要妈妈在房子和小星之间二选一，小星妈妈坚定地选择了小星的抚养权，出于对妈妈积压的怨恨，小星爸爸在财产分割上，一分也没打算分给妈妈。直到对簿公堂，小星爸爸才付了一万元给小星妈妈作为小星的抚养费。

而继父的突然出现，令他们母子有了雪中送炭的感觉。他和妈妈都开心得不得了，认为老天爷是在补偿他们。继父对他们母子照顾得细致入微。他不但人长得帅气，还能做一手好菜，更加难得的是，还会拉手风琴、吹口琴、做木工。最让小星开心的是，继父愿意给小星讲故事，陪小星做游戏。

然而，甜蜜而短暂的美好生活过后，噩梦开始了。婚后的继父另外的一面开始显露出来了，他不但嗜酒还好赌。小星说，妈妈自从嫁给了他之后，生活变得更加艰难，不但要养自己，还要养这个男人。

自从得知这个男人花妈妈的钱，自己就没有再叫过他爸爸，所以，他们的关系慢慢地从亲密变得疏远，到最后越来越糟糕。小星那段时间一直活在惊恐当中，于是计划和同学一起到少林寺去学武术，希望学会真功夫之后再找继父算账。而为了存下路费，每天都省下吃早餐的钱放在一个空饭盒里。原以为存够一千块钱就可以出发了，结果存了五百块，就被继父发现了。继父威胁他说，如果不给钱，就不要想走出家门。小星说，这是他生平第一次动手打了比自己强壮那么多的继父。但令小星惊讶的是，继父并没有和他对打，只是好像傻掉了一样，推了一把小星之后，就冲出了家门。

继父走后，小星忍不住大哭了起来，不久，小星妈妈就和继父分开了。小星和妈妈又恢复了平静的生活，然而在之后的日子里，小星的生活出现了好多状况，而每次发生问题的时候，他竟然总是第一时间想到继父，甚至内心还会有些想念他。小星解释说，幸好有继父的出现，自己才没有变成和亲生父亲一样性格软弱的人。并不是自己有自虐倾向，而是真心觉得是继父教会了自己独立。

而之后有一年，继父忽然带着礼物回了一次家，小星和妈妈都有点意外。同样让继父意外的是，小星走上去紧紧地抱住了他。小星说，继父是他这辈子唯一主动拥抱过的亲人，虽然他们没有血缘关系。那一刻他发觉自己一点也没有怪继父，反而有了相逢一笑泯恩仇的感觉。

我问他为什么会这样想。他说，继父身世很可怜，生活在比他更糟糕的家庭里，小时候经常被打骂又不敢反抗，内心充满恐惧。那次在和小星的对抗中，他们彼此都找到了力量。小星学会了保护自己，而继父从小星身上看到了曾经面对父亲伤害无助而惊恐的自己，但不同的是小星选择了释放自己的攻击性，而不是一味地忍辱。所以，继父和小星同样从这场父子对抗中找到了自己的力量。

（图／罗再武）

光影之间

□安 宁

我一直记得两个人,他们一个站在明亮的光里,一个隐匿在黑暗的阴影中。

很多年前我读书时,因为汽车站离学校远,又没有公交车,为了省钱,我常常让客运司机在靠近学校的高速路旁停下,然后自己拦过路车回学校,这样可以省下一顿饭的钱。

冬天,夜幕无声地笼罩下来,一切都陷入沉默,让人微微感到紧张的静寂。中途下车后,我站在路边拦车,却没有一辆车肯停下来。天地陷入一片混沌,车辆也慢慢稀少,雪花纷纷扬扬地飘落,一向胆大的我低声哭了起来。黑暗中,我完全迷失了方向,分不清东西南北,不知道该往何处走,才能回到七里外的学校。

我紧紧地攥着兜里带着父母体温和汗水的两百元生活费,想着如果有好心人把我送到学校,即使把这些钱都给他,我也心甘情愿。但那也只是想想,快到九点的时候,真的有一辆摩托车停下来,我却下意识地后退了几步。一个年轻男人直截了当地问我:"需要我捎你一程吗?"不知道是因为天冷,还是恐慌,我结结巴巴好一阵才吐出学校的名字来。

等车开出一程后,我突然感觉有些不对劲,车好像朝着与学校相反的方向行驶。我惊慌失措地大叫:"大哥,您是不是开错了方向?"陌生男人头也不回地嚷道:"放心吧,没错的,是你掉向了!"我在他背后,看着那张边缘粗糙冷硬的脸,忽然不知道该怎样回复。事实上,我清醒地意识到,即便他开错了方向,我也毫无办法;如果他真是一个坏人,我的反抗不仅起不到丝毫作用,反而会让情况变得更糟。

短短十几分钟,我却像历经了十几年。看到学校大门时,我几乎激动地哭了出来。他把我一直送到大门口,才刹车笑道:"怎么样,没骗你吧?"我不好意思地低头掏出浸着汗水的两百元钱,愧疚道:"真的谢谢你,不知道这些够不够?"这个一路沉默不语的男人,突然哈哈大笑起来:"我要是真的想要你的钱,一百倍你也得给啊。留着吧,以后别这么节俭,一个女孩子,会有危险的。"看着他的车朝着来时相反的方向开去,我的眼泪又一次落了下来。

而另一个人,则出现在我破釜沉舟、辞职考研的时光里。那时,我寄宿在一个研究生宿舍里,宿舍里那个本地的女孩有着地域优越感,她将我当成不受欢迎的闯入者。也许因为我只住两个月,她便几乎不把我当成舍友,常常白天也会插上房门,我每次回去都需要敲门,小心翼翼地报上自己的姓名,她才不耐烦地起身来开门。有一次放假,她回家了,竟专门给我留了一张字条,嘱咐我好好看守宿舍,最后,又郑重其事地加上一句:"我信任你,不会给宿舍带来任何麻烦。"这个信任,在我心里投下的却是完全不信任的阴影。而她回来后,则当着我的面,检查有没有丢失东西,甚至因为不知道放到哪儿的一元钱,翻箱倒柜找了好久,并冷言冷语:"究竟是谁拿了呢……"

我一直记得她,并非心存怨恨。我感谢她,让我因为这样的冷,而愿意为身边每一个途经我的陌生人,敞开一扇门,伸出一只手,打开一盏灯。那份温暖的光,尽管微弱,却可以照亮曾经像我一样,在黑暗中行走的路人。就像那个载我回校的陌生人,在我最无助的时候,停下车,对我说:"需要我捎你一程吗?"

彼此信任的光芒,给予我长久的勇气,面对人生路途中,形形色色的陌生人。我沐浴在这微光之中,觉得内心温暖。那阴影中的陌生人,当他们冷漠地看向我,绝不会想到,他们点燃了我内心对于美好的渴望,这热烈的渴望,让我飞蛾扑火般前往善良之地,永不止步。

(图/麦小片)

护工小碗

□彭瑞高

医生指着一位大汉,对我们说:"他就是小碗,你们老爹今后就由他护理。"

小碗力气奇大,老爹那么沉的身子,他轻轻一抱,就从轮椅抱到床上。老爹躺舒服后,他又帮我们整理物品,说:"你们老爹吃的东西真多。"

这时我看到,邻床的病人从被窝里伸出一只枯干的手,拍拍小碗的肩膀。小碗回头说:"你又怎么啦?饿啦?"邻床点点头。这病人面黄肌瘦的,鼻孔里插着管子,眼睛很大,笑得有些怪异。

小碗就丢下老爹,给邻床张罗午餐。这时他动作麻利、手势灵活,又像个厨娘。可惜这午餐,只是用粉碎机把饭菜打碎,从鼻管打进病人肠胃,饭是吃了,病人却啥滋味都没尝到。小碗边忙边介绍,说这邻床病人有岁数了,患脑卒中后失去吞咽功能,已在这里躺了很久。

小碗一人要管好几床病人,很辛苦,饭量也大。老爹就把病号餐都给了他。我们送去的饭菜,有时也拨给他。小碗来者不拒,吃得很香。他三餐都在病房吃,吧嗒吧嗒的,有时菜好,还喝点小酒。他喝酒时,邻床那病人就眼睁睁看着他,嘴巴也一动一动,还磨叽磨叽,像在与小碗同吃。

小碗把医院当家,晚上也在病房过。我问他怎么睡,他指指我坐的凳子,说,把这拼起来就行。我见过他午睡,那么壮硕的身子,就躺在窄窄的硬铺上,朝天吹着气,鼾声快活而响亮。

小碗夫妻都当护工,妻子在另一家医院。他跟我说,女儿读书,正是花钱当口。老爹求医多年,从没碰到过力气这么大、事事叫得应的护工,每月结账,我们都心甘情愿多给他几百。

但老爹住这病房也有烦恼,就是常丢东西。什么橘子啊、肉松啊,小食品啊,虽不值钱,但老爹到时要吃,翻箱倒柜找不到,也很要命。那天肉松不见了,太太特地又去买了一袋港式肉松,可才过一天,又没了。病房里出了这样的"案子",老爹很不开心。

一天下午,小碗把我们拉到病房一角,悄声说:"'案子'破了!"

我问:"怎么破的?"

他拿出肉松、橘子,背着身朝邻床努努嘴,说:"在他被窝里发现的。"

我们很吃惊。小碗解释道:"这病人鼻饲做久了,馋得不行,你们不要怪他。"我连声说:"不怪他不怪他,东西给他吃。"

太太说:"医生关照过,他不能吃东西,说万一食物呛进气管,要出大事。"

我就建议,这事要跟邻床家属商量一下。小碗连连摆手,说:"不行不行,你们不知道他家里情况。"

我问:"什么情况?"

小碗说:"你们不要看他现在可怜兮兮的,以前可神气呢,老婆都有两个……"

我问:"怎会有两个老婆?"小碗说:"他有钱时在外面养了个小的。生病后,小的不管他了,倒是老的常来。可老的每次来,都怨气冲天、骂骂咧咧的。要是我们把真情告诉她,她要撒泼,还要对他动粗。"

我说:"这不行,要闯祸。能想想其他办法吗?"

小碗皱起眉头,说:"我再想想。"

这一夜,我和太太忧心忡忡。老爹住过多少医院,没碰到过这样的烂事。

第二天我们照例去医院。没想到,事情已经解决了——身子沉重的老爹,已被小碗抱到另一张床上,与邻床隔了一个铺;这还不算,小碗还在老爹与邻床之间,竖起了一道屏风。

真是大力神小碗!从此以后,老爹再也没丢过东西。

(图/果酱的酱)

搬 家

□王 蒙

我有许多次搬家的经历。记得幼年时期曾经住在北京后海附近的大翔凤胡同，那是一个两进的院落，我们是租住的。我至今记得夏日去什刹海搭在水面上的店铺里吃肉末烧饼，喝荷叶粥，傍晚看着店工费劲地点燃煤气灯的情景。

后来家境每况愈下。我们住不起两进的院落了，便搬到北京西四北南魏儿胡同14号，住里院，外院住的是另一家。里院有一架藤萝，藤萝角长得很大。小时候我爱想的一个问题是，藤萝角有什么用？没有人能告诉我藤萝角的用途。我幼年时曾经有志于研究藤萝角的用途。我认定，像一柄柄匕首一样垂在藤萝架下的藤萝角，一定是有用的，关键是还没有人把它们的用途研究出来，而我，应该完成这个使命。

后来，我把这份使命感丢了，忘了。

我还住过受壁胡同18号、小绒线胡同27号，等等。

1963年年底，我来了一次大搬家，搬到新疆。一到乌鲁木齐，我就被接到了文联家属院。天寒地冻，冰封雪掩，从外面看房子一片土黄，黄土墙、黄泥顶子，更像乡下的房子。进屋以后还不错，刷得白净，烧（火墙）得暖和，这是我第一遭住单位的家属院。

1965年，我去了伊犁，先住在一间办公室里，顶棚和地面都镶着木板，只是木板已经破旧，漆面已经剥离脱落，走这种破地板比走土地还容易崴脚。3个月后，我搬入新落成的教工宿舍。由于房子入冬才建好，潮气大，一点火，屋里就水汽氤氲，谷草味很浓。又由于麦子打得不干净，麦秸里混着麦粒，和成泥抹在墙上，一升温，麦子便纷纷发芽，墙上居然长出一根根绿麦苗。当然，它们长不成小麦，虽然我以开玩笑的方式向农民朋友称之为"我的试验田"。

我在伊宁市搬过多次家。每次搬家都是用俄式的四轮马车，大体上两车搬完，一车拉家具、行李，一车拉煤、柴、破烂。那时的家当确实很少，符合"轻装前进"的原则。

1979年，我搬回北京，先住在一个小招待所，再住"前三门"、虎坊桥，直到现今又住起了平房。平房的特点与优点是更接近自然，听得清雨声风声，室温随着气温变得快，下过雪后可以堆雪人，便于养花养草养猫养狗。

缺点当然也有，蚊子多，虫子多，有潮气，有会飞的与不会飞的土鳖，有攻枣的"臭大姐"（学名椿象），有好杏的蚜虫。虽几经征战，虫子还是落而复起。这也是大自然的一部分吧，有虫子，是天意。

常搬家太累，太不稳定，但见到一些数十年如一日住在一处的老友，又替他们憋闷得慌。我们有一家亲戚，最近搬了一次家，条件似还不如原来。但他们说，他们已老了，这次不搬，恐怕以后就"没戏"了。

刚搬到一处总有几天的新鲜劲儿，临搬时告别旧居又有点儿依依不舍。行李打成包，乱纸扔一地，东西一堆堆的情景甚至使人想起电影中敌军司令部溃散前的场面。呜呼，哀哉！上车！而且往往在搬家的时候，人会想起：又是好几年，就这样无影无踪地过去了。过去的年代、过去的家，都一去不复返了。如《兰亭集序》所言："俯仰之间，已为陈迹。"

其实不搬家，时光也在不停地迁移。

（图/点点）

暖暖的鸡蛋

□赵明宇

我小时候家里穷,母亲养了五只鸡,一日三餐,用鸡蛋换米、换盐、换菜。父亲从田里回来,常常一边吃饭一边笑吟吟地说,这几只鸡,是咱家的功臣呢。

放了学,我经常去野外捉蚂蚱、虫子,拿回家喂鸡。我的作业本和铅笔,也要用鸡蛋到村头丁老歪的小卖部去换。

有一次放学回家,我跟母亲说,我们开始上美术课了,老师让我们买红蓝铅笔。母亲皱皱眉说,刚才用鸡蛋换了一斤盐,家里已经没有鸡蛋了,等明天鸡下了蛋再买吧。

我一听就哭鼻子,不行不行,老师说下午用。

母亲在屋里转了一圈说:"我想起来了,咱家的芦花鸡今天还没下蛋呢,你等一等。"说话间,母亲从米瓮里抓了一把米,咕咕叫着,撒给正在院里觅食的鸡。

我的红蓝铅笔还在芦花鸡的屁股里呢,我只好坐下来,看着芦花鸡啄米。芦花鸡吃完了米,还在院里踱步,一点儿也不急。芦花鸡有时候隔一天才下一个蛋,如果今天不下蛋咋办啊?我的心揪紧了。"芦花鸡,芦花鸡,你快点下蛋吧,我还急着上课,急着用红蓝铅笔呢。"

芦花鸡好像听懂了我的话,在我渴望的眼神中飞进鸡窝。我说:"芦花鸡你快点吧,我们要上课了,迟到了。"母亲说:"别急,总不能下手去掏吧。"我一副猴急的样子说:"迟到了咋办啊?"母亲说:"要不你先走,等鸡下了蛋,我去换铅笔,给你送到学校。"

我白了母亲一眼说,就不!

等鸡下蛋,一分钟就像一年那样漫长。芦花鸡终于咯咯叫起来,我一激灵,跑到鸡窝边。芦花鸡还赖在窝里,涨红着脸。我把手伸进鸡窝,芦花鸡惊叫着飞了出来。我摸到了鸡蛋,暖暖的,滑滑的,心里别提多高兴。我手里攥着鸡蛋,像是举着一支令箭,一溜小跑出门,把母亲的喊声抛在了身后。

我像鸟儿一样飞进丁老歪的小卖部,把鸡蛋送到丁老歪的手心里,喘着粗气说:"换一支红蓝铅笔。"

丁老歪看看鸡蛋,又看看我,笑着说:"这鸡蛋是你娘让你吃的吧?我说不是啊,换红蓝铅笔呢。"丁老歪嘿嘿笑着,把鸡蛋退还给我说:"小孩子,一边玩去。"

我一愣,哇一声哭了,像是受了莫大的委屈。跑回家,母亲正洗碗,忙不迭地站起身,问我:"咋了孩子?"我说丁老歪不要咱的鸡蛋。母亲说:"走,看看去。"母亲拉着我的手,来找丁老歪。

母亲说:"你咋不要俺的鸡蛋?"

丁老歪说:"我收鸡蛋是孵小鸡的,你不该让孩子拿着熟鸡蛋来换东西。"

母亲说:"不是熟鸡蛋。"

丁老歪说:"那怎么是热的?"

母亲说:"我们家的芦花鸡刚下的蛋,还热乎乎的呢。"

丁老歪摇摇头,不信。母亲生气地说:"我还能骗你吗?"为了证明不是熟鸡蛋,母亲把鸡蛋在柜台上轻轻一磕,黄色的蛋黄流了出来。

丁老歪惊呆了。

母亲拉着我转身就走。丁老歪跑过来,把一支红蓝铅笔塞到我手里说:"快去上学吧。"

母亲怔一下说:"明天,我还你一个鸡蛋。"

丁老歪说:"不用了,不用了,我送给孩子的。"

上课的铃声响了,我向着学校的方向飞奔。

多年后,我常常到鸡窝前,找一个刚下的鸡蛋,在手里握一握,让暖流传遍全身。

(图/木木)

婶娘的弥留之际

□毕飞宇

那种病在医学上怎么说,我至今不知道。民间习惯于称作痴呆症。婶娘死于这种病。她的死法比死亡本身更叫人揪心。父亲说,婶娘死的时候胳膊腿没有一样放得齐,连死的样子都没有。

送进敬老院之前婶娘就有病兆了,记忆力越来越硬,记不住东西。婶娘在敬老院共住了三百二十九天,这些日子她没有一天过得明晰,其实是她的弥留。她的病没有皮肉苦,婶娘没有一句抱怨,没有一声呻吟。但她的样子叫所有活着的人心酸。她总是那样笑。她当了一辈子聋哑教师,对那些失聪失语的孩子微笑了一辈子,笑得总是那样和善慈爱。等她进了敬老院,她的笑容里已经没有什么内容了,只是一种皮肤组织或皱纹走向。看见她老人家笑,我就忍不住难受。

婶娘没有子嗣,一个人在世上寡居。退休之前她有过一群聋哑孩子,退休后也一度有我的叔父,但不久叔父就下世了。那么多年来婶娘一直拿我当儿子,只是不好说出口。叔父咽气的那一天我赶到医院,婶娘正握着叔父的手,静静地和叔父说话。我不敢惊动她,一个人站在氧气瓶旁边。后来婶娘看见我了,她抓住我的胳膊,对我说:"这世上我只有你一个亲人了。"婶娘说话的时候脸上有一层青白颜色,类似于冰面上的那层白光。我说不出话,就那么怔怔地望着婶娘。后来我们一起看叔父。叔父死于绝症,生前五大三粗。他的身躯让他的生命耗尽了,留下来的尸骨瘦得只剩下一把。

婶娘的死讯又突兀又顺理成章。我得到消息时婶娘的丧事已经完结了。父亲说,他也没有见到婶娘的最后一面,就知道她死得又脏又乱。

父亲说这话时样子很茫然,我们这个家族的人历来看重人的死法。死法比活法更重要,死不仅是活的总结,也是活的实质。可婶娘不知道怎么弄的,死法和活法出现了这样大的逆差,不知道是哪个环节出了毛病。

得到婶娘的死讯后我反而记不得婶娘生病的样子了。我就记得她怀抱着叔父从火葬场回家时的模样。婶娘对我说:"等我下世,你要这样接我回家。"

我该把婶娘接回来了,我不能再欠婶娘了,这是我完全可以做到的。我选择了一个暖和的冬日赶回老家,没想到到了家天竟阴了。

我叫了一辆马自达三轮车,穿着黑色呢大衣,一个人往火葬场去。我有些悲痛,但到底又有些轻松。我在内心安慰自己,似乎可以还去一笔大债。我很方便地找到了婶娘的骨灰,把她捂在胸口,用呢大衣裹好。

我沿着冬青路往回走,天竟下起小雨了。这时候我不免想起我的叔父,不知道他现在安息在哪里了。对逝者来说,无人知道的归宿到底算不算归宿,很让活着的人伤神。

天上下着小雨,我抱着婶娘走上了大街,街上的人正用两条腿行走,一个个有血有肉。我突然想起来,我到底要把婶娘的骨灰安放到哪里去?这个最要害的问题居然让我忽略了。叔父的骨灰没有了,合葬是不可能的;放在我家显然也不合适;婶娘她自己的老家早就没有了;带回南京似乎更不妥当。

我站在十字路口,有些慌,看了看脚下,地上没有我的身影,我突然就觉得自己行走在梦里,没有身影相随,我的每一步仿佛都离开了今生今世。我抬起头,无限茫然。道路四通八达,我的手却无端地沉重起来。我想起了父亲的话:"不幸的人从来就不会死去。"

大街上纷乱如麻。只有冬雨下得格外认真,它们一丝不苟。

(图/鹿川)

巷子里的老妈妈

□张晓风

巷子里有个妇人，一手提着一篮菜，一手提着个大袋子，正在东张西望。看到我，她讷讷地开了口："请问，你，是住在这条巷子里的人吗？"

"是的。"

"我是刚搬来的，我听人说这巷子里有个箱子可以丢旧衣服，你知道在哪里吗？"

"哦，本来是有一个，但最近不知什么时候给拆走了，听说是违章……"

"哎呀，"她叹了口长气，"真是糟糕，我的小孙子长得快，这一大包都是他穿不下的衣服，儿子让我把它们当垃圾丢，我是丢不下手的呀！我们这种年纪的人是丢不来衣服的，都还是新新的嘛！可是要搬回去，我家又住四楼，我又买了一篮子菜……"

"这样吧，你把衣服放在我车上，我这两天要去内湖，内湖有个收衣站。我来替你丢。"

"啊！这就好了，"她的表情如获大赦，"太好了，没想到遇见贵人了。我的问题可以解决了。"

在她口中我变成了"贵人"，不过顺便帮她丢丢旧衣服，居然也可以做人家的"贵人"。转而一想，她说得也许很对，世上高官厚禄的显贵之人虽然很多，但刚好肯替她去丢衣服的人也许真的只有我一个。

那妇人是六十岁出头的年纪，穿件朴素的灰色衣裳，面容白皙洁净，语音柔和迟缓。看得出来家道不错，平生也不像吃过大苦，但她显然属于深懂"惜物"之情的一代。

女儿每次和同学郊游回来，总带着烤肉用剩的酱油、色拉油、面包……一大堆。

我问她为什么要拿这些东西，她嗔道："都是你害的啦！从小叫我们不要丢东西，而我们同学都说丢掉丢掉。我如果不拿，他们就真的去丢掉。我不得已，只好拿回来。不然，难道眼睁睁看他们丢？"

我想，我实在是害她活得比别人辛苦些，但我们反正已属于"不丢族"，就认命吧！偶然碰到其他的"不丢族"，我总尽力表达敬意。像今天能碰到这位老妇人，或者说今天能被这老妇人碰到，真是很幸运的事，值得好好为她提供额外服务。

我甚至想，台湾之所以还没有坏到极致，全是像老妇人这种人物在撑着。她们不开车，不喝可乐或铝箔包装的果汁，她们绝不会把衣服只穿一季就丢掉，搞不好她们身上的那一件已经穿了十年，她却从来不觉得有汰旧的必要。

是她，坚持不倒剩菜。是她，把旧汗衫改成抹布。是她，把茶叶渣变成肥料。是她，把长孙的衣服改一改又给了次孙。

这些老妈妈真的是社会之宝，虽然从来没有人给她们颁过一个奖。但我们真的不能少掉她们，她们是我们福泽的种子，我们大部分的官员如果撤换也不算什么，但这批老妈妈是不能撤换的，她们是乱象中的安定，是浮华中的朴实，是飞驰中的回顾，是夸饰中的真诚。

我向老妈妈致敬。

（图/木木）

爱，踩着云朵而来

□丁立梅

父亲对我说："你妈现在在家门口都能迷路。"

母亲小声争辩："是夜里黑，看不见嘛。"

母亲去亲戚家做客，夜里搭顺风车回来。车子停在离家半里路的河对岸，过了新修的桥就到家了。

可她硬是找不着回家的路，稀里糊涂地踏上了相反的方向，越走离家越远，幸好遇到晚归的同村人，把她送回家。

母亲老了，这是不争的事实，她再也不像以前那般利索和能干了。

我看着母亲，百感交集，想起了多年前与她相关的一件事，我一直觉得那是个奇迹。

那年，我在外地上大学，第一次离家上百里，就像独自跋涉在沙漠里，想家想得厉害，便写了一封家书，字里行间满是孤寂。

母亲不识字，让父亲念给她听，听完，她竟一刻也坐不住了，决定坐车来学校看我。

母亲从未出过远门，大半辈子只圈在她那一亩三分地里。可她决心已下，谁也阻拦不了。她去地里拔了我爱吃的萝卜，烙了我爱吃的糯米饼，用雪菜烧了小鱼……临出发前，她还特意穿了做客的衣服——一件鲜艳的碎花绿外套。

母亲考虑得周到，她不想给在大学里念书的女儿丢脸。

左拐右捎的，母亲上路了。那时从家去我的学校，需要在中途转两次车。到了终点站还要走十多里路。我入学报到时，是父亲一路陪着的，上车下车，穿街过巷，直转得我头晕，根本分不清东南西北，记不住路。

然而，我不识字的母亲，却准确无误地找到了我的学校。我清楚地记得，那是秋末的一天，黄昏来临，风起，校园里的梧桐树飘下片片金黄的叶。最后一批菊花在秋风中，燃尽了最后一把热情，黄的脸蛋、红的脸蛋，笑得满是皱褶。

我在教室里看完书，正要收拾东西回宿舍，一扭头，竟看见母亲站在窗外，冲着我笑。我以为是眼花了，揉揉眼，千真万确，是母亲啊！她穿着鲜艳的碎花绿外套，头上扎着方格子三角巾。三角巾被风撩起，黄昏的余晖为母亲镀上了一层橘粉色，她像是踩着云朵而来。

那日，我的宿舍里像过节一般。女生们个个都有口福，她们吃着母亲带来的大萝卜，吃着小鱼，还有糯米饼，不住地说："阿姨，好吃，太好吃了。"而母亲，只是拘谨地坐着，拘谨地笑着。

那会儿，一定有风吹过一片庄稼地，母亲纯朴安然得犹如一棵庄稼。

一路上，母亲是如何上车下车，又是如何七弯八拐到达我们学校的；后来，她又是如何在偌大的校园里，在那么多的教室中找到我的，都成了谜。

我问过母亲，但她始终一笑，不答。

现在我想，这些问题根本不需要答案，因为她是母亲，所以她的爱能踩着云朵而来。

（图/麦小片）

星空下的鱼头砂

□盛文强

那一夜我们在海湾里遇到了大风浪。在此之前，我们一次次提起网袖，又失望地放下，里面只有零星的几条小鱼。显然，这样的情况是不常遇到的，我和父亲都疑惑地抬起头，在我们头顶上，星星像浮在海浪上，跳跃不止。

我们看到脖子酸疼，瘫坐在船板上，恰巧我们的身子同时晃了一下。起初我们以为是船板松动了，赶忙把住船舷，谁知船舷也在晃动，定睛细看时，整条船都在晃动。原来是起了飓风。

风贴着水面来了，就像一把笤帚，势必要扫除水面上一切异物。一个巨浪扑过来，一半撞在船身，我险些摔倒，另一半浪头全灌到船里。几个浪头过去后，我们脚下船板上的水已经过了脚踝。船舷刚刚被浪头撞过，几股水柱肆无忌惮地倾泻下来。混乱中听到父亲在喊我的名字，他手里拄着插网用的竹竿，勉强稳住身子，摇晃着朝我走过来。忽然一阵狂风挟着浪朝我们的小船卷过来，父亲和我被掀翻了，冰凉的海水浸透了半边身子，前所未有的恐惧把我包围了，在那一刻，时光仿佛停滞了，眼前闪现出一些纷杂的场景。

据老渔人们讲，在风暴中即将沉没的人，都会在一瞬间回忆起许多往事。我首先看到的是十岁那年的夏天，几个渔民往船上搬运桶装的淡水，其中一个看上去只有十七八岁，他从歪斜的水桶下回过头看了看我。他在船上顺手捡了一只海星扔给我。我又看到小学同学艳红，为了供弟弟上学，她没上完初中就辍学回家，跟着本家的叔叔一起出海。现在，她已经被晒得黝黑，她穿着肥大的皮裤，全身是泥点子，手里还拎着一只洋铁桶，深一脚浅一脚，走在滩涂上。我还看到母亲坐在炕上，用剪刀把干鱼的尾巴剪掉……

父亲伸过竹竿来敲着我的手背，一霎间，那些毫无秩序的影像纷纷遁走了。父亲示意我抓住竹竿，我照做了。

不对劲儿，有飓风时都是有雨有黑云，这天上怎么还有满天星？父亲冲我高喊着，他的声音随即被风浪淹没。我抬头看，漫天星斗发出耀眼的光芒，比刚才还要亮。

我们一定是在梦中，不然不会这样。父亲说。

鱼头砂。我和父亲同时喊出了这三个字。有一种青鱼的头侧有两块指头肚大小的白砂，晶莹透亮，人们常把它塞到枕头里，据说能破噩梦。

每条船上都会有几块鱼头砂的。我们在没踝的水里摸索，还要顶住风浪，稳住身子。借着星光，我看见船坞子上有一点银白，正是鱼头砂。又一个浪拍过来，溅起的水柱冲得鱼头砂直往下滑，我纵身跳出，伸手攥住鱼头砂。与此同时，我掉进海里，而鱼头砂细腻的肌理通过手掌传遍了全身，我猛然惊醒，翻身坐起来，果然是个梦。

多年以后，每当我一个人在寂寞的旅途中，总会想起那个梦，想起那个晚上耀眼的星空——那是一个多么热烈的年代。

（图/张晓芳）

一束阳光的奇迹

□许诚谊

几年前,我因为骑车不慎摔伤,在医院里住了好几个月。同一病房里有四张病床,我和一个小男孩占据了靠窗的那两张,另外两张床,有一张属于一位小姑娘。

小姑娘脸色苍白,很少说话,长时间半睡半醒地眨着眼睛。我知道,那小姑娘是外县人,父母离异了,她随母亲来到这个县城打工,却想不到一场突如其来的车祸,令母亲永远离开了她。她在这个县城里不再有一个亲人,也没有一个朋友。她正用母亲留下来的不多的积蓄,延续着年轻却垂危的生命。护士长说,小姑娘肯定治不好了。

小男孩也生着病,但非常活泼好动,常常缠着我,要我给他讲故事,声音喊得很大。

一次,我去医院外面买报纸,看见小男孩的父亲抱着头蹲在路边哭。我一连问了他好几遍,他才说儿子患上了绝症,大夫说他儿子活不过这个冬天。

一切都是从那个下午开始改变的。小男孩又一次抱着一堆东西送到小姑娘的床头,这天小姑娘心情好一些了,正在听收音机里的音乐节目。她对小男孩说声谢谢,还对小男孩笑了笑。

小男孩说:"姐姐,你笑起来很好看。"小姑娘没有说话,只是又冲小男孩笑了笑。

小男孩说:"姐姐,等我长大了,你给我当媳妇吧!"

病房里的人听完都笑了,包括那个小姑娘。小姑娘说,好啊!她还伸出手摸了摸小男孩的头。

小男孩问:"你的脸为什么这么苍白?"小姑娘说,因为没有阳光。

小男孩想了想,很认真地说:"我们把病床调换一下吧,这样你就能晒到太阳了。"小姑娘说:"这可不行,你也得晒太阳。"

小男孩又想了想,拍拍脑袋认真地说:"有了,我让阳光拐个弯吧。"小男孩找来两面镜子,放到窗台上,不断地调整角度,阳光终于照在了小姑娘的脸上。那一刻,我看到小姑娘的脸庞如夏花般绽放。

整整一个下午,小姑娘都在静静地享受那缕阳光。

从那以后,小男孩每天起床后做的第一件事,就是仔仔细细地擦拭那两面镜子,然后调整角度,将清晨的第一缕阳光洒在小姑娘的病床上。慢慢地,小姑娘的脸不再苍白,有了阳光的颜色。

那段时间,病房里时常响起他们的笑声。

还记得后来医生惊愕的表情。医生每天为他们检查完身体,都会惊喜地说:"又好些了!"是的,小男孩与小姑娘的身体都在康复。这简直是奇迹。

我出院的时候,小姑娘已经可以下地行走了,她和小男孩手牵手一起送我。

几年后,我又见到了那个小姑娘,当然,她没有给那个男孩当媳妇。她说,她每天都在感谢那个善意的玩笑。那时候,她刚出嫁,浑身散发着新娘独有的幸福芳香。她说,是那个小男孩和那缕阳光救活了她。她说,那段日子一直有一缕阳光照在她的心里,给她温暖和希望。

我后来也见过那小男孩。他长大了,嘴边长出了褐色的细小绒毛,有了男子汉的模样。

那天,我坐在他家客厅的沙发上问他,那时你知道自己已经被判了死刑吗?他说知道,只是那时候自己还小,对死的概念有些模糊,却仍然害怕,害怕得很。

他说,好在有那个姐姐,那段日子,每天睡觉前,他都要想,明天一定要早早起床,让清晨的阳光拐个弯,照在姐姐的脸上。

说到这里,男孩笑了,露出纯洁羞涩的表情。

不过是一束阳光,却让奇迹发生了。

我想,每个人的心里都有这样一束温暖的阳光,你给予别人的越多,自己得到的也越多。

(图/蝈蝈猫)

自得其乐

□肖复兴

日近中午,我坐在天坛长廊入口的椅子上,画对面打牌的人,画完这张,就准备起身走人。这些人的牌局始终战火纷飞,各自带着水杯和干粮,杀得昏天黑地,中午也不鸣锣收兵。

站在那里观战的人,却不会恋战,其中一个老爷子看了一会儿,移步换景般,走到我跟前,看我画画。

他夸我画得不错,像那么回事。然后,又说:"看你的岁数和我差不多,你多好啊,还会画画。"

我赶忙说:"我这是瞎画,上不得台面的。"

他说:"瞎画也能给自己解闷。不像我,除了每天到天坛瞎转悠那么一圈,什么也不会。"

我对他说:"天天来天坛转一圈,也需要定力!"

他笑了:"什么定力!就是不来,心里像缺点儿什么。"我也笑了,打趣他:"有点儿像年轻时候搞对象,一天见不着,心里还闹得慌!"

"还真是!还是你会说!"他笑得更厉害了。

就这么聊了起来。

我画完了,收拾好本和笔,起身走人。我们两人一起走下台阶,向东门走去。他问我回家?我说是,问他也回家?他说先去王老头儿那儿买点儿栗子。

我知道,王老头儿的栗子店在蒲黄榆桥北。原来在栏杆市,街边摆个摊,他家的栗子炒得好吃,我也常骑自行车到那儿买。修两广路的时候,王老头儿搬到了蒲黄榆,不仅注册了"王老头"的商标,还有了自己的店铺,虽然门脸不大,也算是鸟枪换炮。

说起王老头儿的发家史,他连连点头说:

"我也是从栏杆市那时就买他家的栗子。我家住广渠门,离得不远。"越说我们两人关系越近,同在栏杆市时买过王老头儿的栗子,仿佛我们是同科进士一般,止不住兴奋起来,也亲热起来。

"现在,离得远了点儿,专程去买栗子?"我问。

怎么说呢?我家那口子爱吃这一口!所以,逛天坛的时候,会隔三岔五来买一回。

我对他说:"不瞒您说,我也爱吃这一口!"

他像遇到知音一样,向我推荐:"我爱吃他家的杏干,30块钱一袋。他们家的花生也不错,带壳的,原味的,十块钱一袋,没坏的,不是陈的。"

"行啊!您爱吃杏干和花生,您家那口子爱吃栗子,您这一趟天坛逛得,两不耽误,值了!"

他呵呵笑了起来,连说:"一趟活儿,一趟活儿,要不一上午自个儿光顾着逛天坛,回家不好交代。"

我们走出东门,一起走到公交车站,无论来哪趟车上去就行,两站,下车走两步就是。老远就闻见了栗子扑鼻的香味。

想起放翁的一联诗:不饥不寒万事足,有山有水一生闲。稍改几字,再加上两句,凑成一首打油:不饥不寒万事足,有山有水有天坛。买斤栗子回家转,还有杏干解解馋。

写给这位老爷子正合适。寻常百姓人家,一点儿栗子和杏干就能打发了,图的从来都是这样简单。越是简单的生活,越是容易满足,自得其乐,而忘记其他烦扰。就像啤酒杯上的泡沫,虽然只是挂杯的那么一点儿,也是从啤酒里冒出来的,又是和啤酒不一样的色彩——便是冒出来的那一点乐儿。

(图/豆薇)

简单相信，傻傻坚持

□口述/樊锦诗　撰文/顾春芳　周晓枫

几年前的一天，中欧商学院到敦煌考察，请我去参加他们的会议。我一到会场，就看到大屏幕上显示了八个字："简单相信，傻傻坚持。"会议还请我发言，我就说："那屏幕上的八个字，说的不就是我嘛！"当时大家都笑了。

我曾在演讲时说到，父亲他们那一代人年轻的时候思想非常单纯，我们这一代也还是这样，我们就是相信新中国，相信共产党，相信毛主席。

父亲走了以后，我们一家骨肉分离，天各一方。当时，我和老彭刚结婚不久，老彭在武汉，我处理完父亲的后事就回到敦煌。那段时间我比较痛苦和迷茫，感到自己一无所有，离开故乡，举目无亲，就像一个漂泊无依的流浪者，每到心情烦闷的时候，我就一个人向莫高窟九层楼的方向走去。在茫茫的戈壁上，在九层楼窟檐的铃铎声中，远望三危山，天地间好像就我一个人。周围没别人的时候，我可以哭。哭过之后我释怀了，我没有什么可以被夺走了。

但是，应该如何生活下去呢？如何在这样一个荒漠之地继续走下去？常书鸿先生当年为了敦煌，从巴黎来到大西北，付出了家庭离散的惨痛代价。段文杰先生也有着无法承受的伤痛。如今同样的命运也落在我的身上，这也许就是莫高窟人的宿命。这样伤痛的人生，不止我樊锦诗一人经历过。历史上凡是为一大事而来的人，无一可以幸免。

过去的已经不能追回，未来根本不确定，一个人能拥有的只有现在，唯一能被人夺走的，也只有现在。如果懂得这一点，就不能也不会再失去什么了，因为本来就不曾拥有什么。任何一个人，过的只是他现在的生活，而不是什么别的生活，最长的生命和最短的生命都是如此。对当时那种处境下的我来说，我没有别的家了，我只有莫高窟这一个家。我能退到哪里去呢？退到任何一个地方，都不如退入自己的心更为安全和可靠。

那段时间我反复追问自己，余下的人生究竟要用来做什么？留下，还是离开敦煌？没有任何人能够阻止我按照自己的意愿去生活。我应该成为一个好妻子，一个好母亲，我应该拥有一个完整的家庭，应该有权利和自己的家人吃一顿团圆的晚饭。没有我，这个家就是不完整的，孩子们的成长缺失了母亲。但是，在一个人最艰难的抉择中，操纵他的往往是隐秘的内在信念和力量。经历了很多突如其来的事情，经历了与莫高窟朝朝暮暮的相处，我感觉自己已经是长在敦煌这棵大树上的枝条了。离开敦煌，就好像自己在精神上被连根砍断，就好像要和大地分离。我离不开敦煌，敦煌也需要我。最终我还是选择留在敦煌，顺从人生的必然以及我内心的意愿。

此生命定，我就是莫高窟的守护人。

我已经习惯了和敦煌当地人一样，日出而作，日落而息，年复一年、日复一日地进洞窟调查、记录、研究。我习惯了每天进洞窟，习惯了洞窟里的黑暗，我享受每天清晨照入洞窟的第一缕朝阳，喜欢看见壁画上的菩萨脸色微红，泛出微笑。

有人问我，人生的幸福在哪里？我觉得就在人的本性要求他做的事情里。一个人找到了自己活着的理由，而且是有意义地活着的理由，以及促成他所有爱好行为来源的那个根本性的力量，他就可以面对所有困难，也能够坦然地面对时间，面对生活，面对死亡。所有的一切必然离去，而真正的幸福，就是在自己心灵的召唤下，成为真正意义上的那个自我。

（图/张翀）

半条腿的母亲

□高云红

　　小学三年级的春天，山上的杜鹃花开得正艳，小草也刚刚冒出嫩芽。我坐在教室里，大哥向老师请假把我带回家，路上大哥告诉我，母亲出事了。懵懂的我不知道"出事"二字的意思，回到家不见母亲，她穿的薄棉裤带着血渍晾在栅栏上。

　　第二天，我们兄妹四人被父亲厂部的解放车拉到30公里以外的镇医院。

　　进了病房，母亲躺在那里，见了我们，嘴唇哆嗦成一团，泪水无声地流下来，枕巾湿了一片……我们兄妹老老实实地把后背贴在墙上，木然地看着母亲，不知该安慰她还是陪她一起流泪。

　　这时进来两个男大夫，其中一个询问母亲术后的一些情况并掀开她身上的被子，我看到母亲左腿仅剩的残肢染红了缠在上面的白纱布。

　　母亲遭遇了车祸，保住了命，却失去了一条腿，她左腿膝盖以上截去了三分之二。母亲说出事的时候，她是清醒的，被汽车撞击拖碾后她爬起坐在地上，为了防止出更多的血，她把受伤的腿拧成麻花样。母亲讲自己经历的时候，不曾流泪，把天塌地陷说得云淡风轻。

　　在医院躺了三个月，半年后母亲戴上了假肢。为了保持身体的平衡，假肢有十几斤的重量，而且行走的时候都是伸直的，只有坐下的时候，搬动膝盖处的卡环才得以弯曲。

　　母亲开始不习惯，戴上假肢也要拄着双拐，慢慢母亲试着扔掉双拐，虽然走路很慢，但半个月后她逐渐适应。

　　每天放学回家，桌子上的饭菜冒着热气，夜晚我们写作业，母亲陪在一边织毛衣，或纳鞋底，只有睡觉的时候，母亲才摘下十几斤重的假肢。假肢把母亲的腿磨出很多血泡，她用做活的针，在蜡烛的火上烧一下，挑破血泡。母亲说，等磨出茧子就不疼了。

　　一夜终究无法让破损的皮肉愈合，第二天母亲照旧戴上假肢，走路缓慢而且一顿一顿的，那该是一种怎样的钻心之痛？母亲从未抱怨生活赐给她的苦难，反而倔强地走在疼痛的路上。

　　母亲想出各种方法，用软布把残肢缠住，软布不能打褶还要紧实，因为她经常活动，软布很快就松懈，试了几天，母亲觉得浪费时间而且麻烦。放弃了软布，母亲又在假肢腔体边缘涂一些爽身粉，还是因为母亲活动量大，汗水让爽身粉很快失去功效。最后母亲放弃一切，用皮肉对抗着身体的另一半，接受着假肢带给她一次次的磨炼，她没有服输，终于母亲的腿生出了老茧。

　　母亲的右脚踝总是肿的，像半个馒头大小，从清晨睁开眼她就开始了一天的忙碌。她从未把自己当成残缺的人，相反她比健全的人更出色。母亲不仅照顾着一家人的一日三餐，还养猪喂鸡，侍弄菜园子。假肢已然成为她最贴心的朋友，没有它，母亲已寸步难行了。

　　临近春节，母亲用一只脚蹬着缝纫机，一忙就是半夜，我们兄妹每人一身新衣服，都在年三十穿在身上。

　　时间在母亲的忙碌中流进我们的身体，我们脚上的尺码逐渐加大加宽，母亲脸上的皱纹也加长加深……

　　母亲七十五岁那年，她觉得走不动了，说自己真的老了。但她每天仍坚持拖着十几斤的假肢下楼去走一走，和邻居打牌聊天。

　　如今母亲七十八岁了，躺在床上，她再也不用负重前行了。可是假肢已然成了她生命的一部分，即使不再戴了，也放在自己身边。它和母亲一样，都累了，都想歇歇了。可是我们知道，母亲不再奔走，母爱却停不下来。她换了一种方式，比如不厌其烦地叮咛，不管你在哪儿，都会穿越程程山水，破空而来，在你耳边萦绕盘旋。

（图/李倩莹）

母亲的沉静

□刘心武

还记得童年在重庆的一些事。我家住在南岸狮子山，从那里可以到更高的真武山去游览。真武山上有段路非常险，靠里是陡峭的山岩，靠外是极深的悬崖。那天玩得很开心。返回时，我故意贴在悬崖边上走，还蹦蹦跳跳，甚至以颠连步跃进。7岁的我还不懂生命的珍贵。那样做，有存心让母亲看见着急的心机。

还记得那天母亲的身影面容。她紧靠着路段里侧的峭壁，慢慢地走动。她一定后悔转到那段路以前没能牢牢牵着我的手，把我控制在她身边，她自己往前挪步，眼睛却一直盯在我身上。我顽皮地蹦跳投掷，不住地朝她嬉笑，怄她，气她，悬崖边缘就在我那活泼生命的几寸之外。事后，特别是长大成人后，回想起母亲那时的神态，非常惊异，因为按一般的心理逻辑与行为逻辑，母亲应该是惶急地朝我呼喊，甚至走过来把我拉到路段里侧，但她一派沉静，没有呼喊，更没有吼叫，也没有要迈步上前干预我的征兆，她只是抿着嘴唇，沉静地望着我，跟我相对平行地朝前移动。

那段险路终于走完，转过一道弯，路两边都是长满茅草和灌木的崖壁了，母亲才过来拉住我的手，依然无言，我只是感受到她那肥厚的手掌里满是凉湿的汗水。

直到中年，有一天不知怎么提及这桩往事，我问母亲那天为什么竟那样沉静。她才告诉我，第一层，那种情况下必须沉静，因为如果慌张地呼叫斥责，会让我紧张起来，搞不好就会造成失足；第二层，她注意到我是明白脚边有悬崖的，是故意气她，尽管我不懂将生命悬于一线是多么荒唐，但那时的状态是有着一定的自我防险意识与能力的，一个生命一生会面临很多次危险，也往往会有故意临近危险也就是冒险行动，她那时觉得让我享受一下冒险的乐趣未尝不可。我很惊讶，母亲那时能有如此深刻的想法。

母亲去世快二十年了，她遗留给我的精神遗产非常丰厚，而每遇大险或大喜时的格外沉静，是其中最宝贵的一宗。我写第一部长篇小说《钟鼓楼》时，母亲就住在我那小小的书房里，我伏桌在稿纸上书写，母亲就在我背后，静静地倚在床上读别人的作品。我写到某一段时自我感觉优秀，会念一段给她听，她听了，竟不评论，没有鼓励的话，只是沉静地微笑。后来《钟鼓楼》得了茅盾文学奖，那时母亲已到成都哥哥家住，我写信向他们报喜，母亲也很快单独给我回了信，但那信里竟然只字未提我获奖的事，没什么祝贺词，只是语气沉静地嘱咐了我几件家务事——都是我在所谓事业有成而得意忘形时最容易忽略的。

2000年，我第三次去巴黎，又去卢浮宫看达·芬奇的《蒙娜丽莎》，在众多的观赏者中，我忽然产生了一种非常私密的感受，那就是蒙娜丽莎脸上的表情并不一定要概括为微笑，那其实是神圣的沉静，在具有张力与定力的静气里，默默承载人生的跌宕起伏、悲欢聚散、惊险惊喜。那时母亲已仙逝多年，我凝视着蒙娜丽莎，觉得母亲的面容叠印在上面，继续昭示着我：无论人生遭遇什么，不管意料之中还是情理之外，沉静永远是必备的心理宝藏。

（图/陈明贵）

泥花父亲

□朱宜尧

父亲一生都没离开过庄稼地，好像和泥土有着密不可分的关系，血管里流淌着和土地一样的宽厚与仁慈。

父亲种地，刨坑、点籽、踩格子，一个人应付自如。从天明到天黑，从土地空旷到葱郁葱茏，泥土里播下了一个人的希望，却收获了一家人的幸福。

香瓜下季时，父亲要睡在窝棚里守瓜，简陋的窝棚散发着扑鼻的霉味，可无论怎样父亲也要守在这片土地上。

我经常给父亲送饭，一个咸鸭蛋，一块大饼子。父亲不舍得吃，总是用沾满泥巴的手把温热的咸鸭蛋塞进我的兜里，然后掀开缸腿儿——咸瓜缸就在窝棚旁——捞出腌好的咸瓜，一口大饼子，就一口咸瓜，吃得极其香甜。我抢过吃了一口，咸瓜苦得要命，赶紧吐了。我掏出咸鸭蛋给父亲，父亲说这咸瓜有营养，是你吃不出它的味道来。香瓜汲取了泥土的精华，父亲怎么舍得丢呢？削去坏的部分，腌在缸腿儿里，就是下饭的菜。

曾经的父亲，身体硬朗，一个人几垧地，顶着日头，从早到晚，就没落过尿。如今，父亲粗糙而笨拙的双手仍然沾满了泥巴，在小院里不辞劳苦地耕作着，但腰弯得随时都能低到泥土里，轻轻一阵风就能吹倒。

父亲种下的豆角，没几日，便吐出两个绿生生、毛茸茸的叶片，细长的蔓爬上了架条，绿得轻柔，颤巍巍的。顶端的蔓与架条有一指的距离，翘首在空中微微摆动，从架条后面俏出半个脸来，探望着父亲。父亲把颤颤巍巍的蔓扶到架条上，那些被风雨吹打之后散落的蔓，好像终于找到回家的路，投来感激的笑。

这不足一百平方米的小院成了父亲晚年的劳作场。无论雨天还是晴天，手和衣上沾得最多的就是泥土。泥土是父亲身上一成不变的气息，那是大地绣在父亲衣上的泥花，父亲不顾及，不掸去，却意在自得，说泥土不脏，不碍事儿。

泥土的味道，是父亲的味道，也是一个农民的味道。他从不惧怕辛劳，一辈子扎根泥土，低垂的腰，离泥土越来越近。几次担忧父亲辛苦，想搀扶父亲离开小院，父亲竟然一脸的不悦，喃喃道："没有这土地，哪能换来这硬朗的身子骨？九十多岁的人了，最该知足。你们也算半个农民，应该感谢土地，亲近土地！"

父亲的话，让我们儿女无言以对。

每个人，从低处走向高处，从荒芜走向葳蕤，无不站在父亲的肩上、无不深深地扎根泥土。土地供养着世界，供养着我们。捧一把泥土，总能回想起父亲来，那记忆像一朵朵花儿，永远不败地开在幸福里。

（图／木木）

璀璨的篝火会

□尤 今

到赞比亚旅行,有好几天,下榻于没水没电的慕坤尼村庄。

每当夜色蓬蓬勃勃地在村庄里膨胀开来时,村民便忙忙碌碌地生起篝火。当金灿灿的火光狂乱地起舞时,这时,一家之主的老爷爷,便端坐在篝火前,家中的男男女女、老老少少围坐着,等老爷爷开口讲故事。

他口中的童话、神话和寓言,有很多是没有文字记载的,仅靠代代口耳相传。

这晚,在婀娜多姿的火光前,老爷爷又以一贯嘹亮的嗓子拉开了故事的帷幕:"很久以前,有一群好吃懒做的鬣狗,常常觊觎他人的猎物。有一天,它们在林中闲荡,远远地看到狮子正在享用一只肥硕的斑马。领头的鬣狗大哥悄声对它的弟弟们说道:'我设法把狮子引开,你们赶紧把斑马拖回家吃,记得,一定要把大腿留给我啊!'说毕,鬣狗大哥便装作一脸惊慌的样子,飞奔上前,上气不接下气地对狮子说道:'狮子大王啊,有一群野牛正在围攻一头小狮子哪!小狮子快招架不了了。'焦急的狮子立马问道:'它们在哪里?'鬣狗说:'来,我领您去!'狮子说:'快走!'鬣狗飞蹿如箭,狮子在后紧跟,然而,它奔跑的速度比不上鬣狗,跑了一阵子后,便不见了鬣狗的踪影,狮子无奈地想道:'我爱莫能助啊!'这时,它猛然想起来它那丰美的晚餐,急巴巴地往回跑,然而,跑到原来的地方,却发现整只斑马不见了。狮子这才怒气难遏地知道自己上当了。过了几天,狮子捕杀了一只麋鹿,正大快朵颐时,鬣狗又出现了,它气急败坏地说:'狮子大王啊,求求您,救救我的弟弟们,它们正被一群水牛围攻……'狮子抬头看到这只无耻的鬣狗又想以同样的伎俩来骗吃,气疯了,飞扑上去,狠狠地咬断了鬣狗的咽喉。狮子不知道的是,当鬣狗大哥断气的时候,它的弟弟们也在水牛气势汹汹的围攻下,一只一只地丧命了!"

老爷爷说完故事后,微笑着环视大家,问道:"说说看,这个故事,给了你们什么启示?"

刚才屏气凝神倾听故事的孩子们,七嘴八舌地抢着答:"不要轻易相信别人!在伸出援手之前,应该仔细求证!"

"要得到什么,必须自己努力争取,不要去抢别人劳动的成果!"

"欺骗朋友,没有好下场!"

"骗人只能骗一次!"

每一则故事,都会呈辐射状折射出许多不同人生的道理,能够汲取到多少精神的营养,全凭各人的慧根与领悟。篝火会上这些趣味盎然的故事,宛若一筒筒五颜六色的烟花,把孩子们的精神生活照得亮晃晃的。

瘦瘠的身子里裹着丰腴的心,璀璨的故事里藏着未来的憧憬。

(图/罗再武)

不 敢

□张燕峰

爷爷有一句口头禅，经常挂在嘴边，这句口头禅就是"不敢"。吃饭的时候，爷爷把碗里的米粒舔得干干净净，他说："不敢浪费了粮食。"锄地的时候，爷爷会把杂草清理得一棵不剩，他说："不敢糊弄庄稼。"

爷爷年轻时是一个走街串巷的乡间木匠。一日，邻村一户人家的儿子要娶亲，请我爷爷去打家具。爷爷背着工具去了之后，看见新买来的木材有些潮湿，便把木材破解开之后，放在阴凉处晾晒。十天过去了，半个月过去了，二十天过去了，爷爷还没有动工。

巧的是，雇主邻居家的儿子也要结婚，也请了木匠来打家具。那个木匠到来之后，马上大刀阔斧地干开了。主人看他干活如此卖力，日日好酒好菜款待。我爷爷的雇主不免暗自嘀咕：两家同时买的木料，人家做得，你却做不得，分明就是想多赚些工钱。这样想着，脸色不免日渐难看，饭菜也越来越马虎。

那个木匠悄悄劝我爷爷赶紧开工，爷爷皱着眉头，诚实地说："木材还没有完全干透，还不能打家具。"那人嘲笑我爷爷死心眼，说："干不干透跟你有啥关系？你只要做好家具，挣了钱拍屁股走人就是了。"

爷爷梗着脖子跺脚说："俺可不敢糟践了好木料，可不敢欺骗了东家。"

一个月后，爷爷才开始动工，精雕细琢，干了足足20多天才完工。而爷爷的那个同行早已领了工钱，欢天喜地地回了南方老家。

三个月不到，那家的新家具就变了形，木板的接缝处严重开裂。而爷爷做的家具结实美观，完好无损。

这时，雇主才幡然醒悟，意识到自己当初怠慢了我爷爷，就羞惭地拿着好酒好菜登门致歉。

从此，爷爷的好手艺、好名声，像长了翅膀的鸟儿一样，扑棱棱地飞到十里八乡，甚至飞到了外县。

父亲是个读书人，从小耳濡目染，爷爷的"不敢"论早已根植于他的心灵深处。父亲是20世纪60年代的大学生。大学毕业时，白发苍苍的老教授恳请他留校做他的助手，但父亲以家有未婚妻为由婉拒了教授的美意。同窗好友都嘲笑他愚顽，不懂得变通，放弃了大好前程。可父亲说，在外读书这些年，爹娘弟妹都是未婚妻辛勤照顾，做人可不敢忘了恩，负了义。

后来，父亲工作的学校老校长被一些不怀好意的人捏造事实，揭发老校长中饱私囊，他们也蛊惑父亲一起揭发。父亲愠怒地说："我刚来学校不久，对学校事务知之甚少，对老校长个人更是不熟悉，我可不敢昧了良心胡说八道，那样会遭天谴的。"

风波过去后，老校长官复原职，有意提拔父亲做副校长，父亲坚决地拒绝了。他诚恳地说："教育事关每一个孩子的未来，也关系到民族的兴衰。我才不配位，可不敢贪心占据那个重要职位。"

父亲在领导岗位任职多年，两袖清风，光明磊落，坦坦荡荡。虽退休多年，但人们还经常说起他的事，对他很是尊敬。

如今，我们兄妹三人也已成人，牢牢铭记爷爷和父亲的教诲，"不敢"二字已融入了我们的血脉，时时勉励我们做诚实正直的人。人到中年，经历了许多人世沧桑，咀嚼过许多人情冷暖之后，我们愈加觉得"不敢"的可贵。

人在做天在看，离地三尺有神明。"不敢"不是胆小怕事，更不是懦夫行为，"不敢"里藏着的是对天地万物的敬畏，藏着的是世道人心。

（图/小粒团）

活 着

□余 华

我遇到那位名叫福贵的老人时，是夏天刚刚来到的季节。

那天午后，我走到了一棵有着茂盛树叶的树下，看到近旁田里一位老人和一头老牛。这位老人后来和我一起坐在了那棵茂盛的树下，在那个充满阳光的下午，他向我讲述了自己。

这辈子想起来也是很快就过来了，过得平平常常，我爹指望我光耀祖宗，他算是看错人了。我啊，年轻时靠着祖上留下的钱风光了一阵子，往后就越过越落魄了，可寿命长，我认识的人一个挨着一个死去，我还活着。

孙子死后第二年，我买牛的钱凑够了，看看自己还得活几年，我觉得牛还是要买的。牛是半个人，它能替我干活，闲下来时我也有个伴。

买牛那天，我把钱揣在怀里走着去新丰，那里是个很大的牛市场。路过邻近一个村庄时，看到晒场上转着一群人，走过去看看，就看到了这头牛，它趴在地上，歪着脑袋"吧嗒、吧嗒"掉眼泪，旁边一个赤膊男人蹲在地上霍霍地磨着牛刀，我看到这头老牛哭得那么伤心，心里怪难受的。

我不忍心看它被宰掉，便离开晒场继续往新丰去。走着走着心里总放不下这头牛，它知道自己要死了，脑袋底下都有一摊眼泪了。我越走心里越是定不下来，后来一想，干脆把它买下来。

我赶紧往回走，走到晒场那里，他们已经绑住了牛脚，我挤上去对那个磨刀的男人说："行行好，把这头牛卖给我吧。"

赤膊男人手指试着刀锋，看了我好一会儿才问："你说什么？"我说："我要买这牛。"

他咧开嘴嘻嘻笑了，旁边的人也哄地笑起来，我知道他们都在笑我，我从怀里抽出钱放到他手里，说："你数一数。"赤膊男人马上傻了，他把我看了又看，还搔搔脖子，问我："你当真要买？"

我什么话也不说，蹲下把牛脚上的绳子解了，站起来后拍拍牛的脑袋，这牛还真聪明，知道自己不死了，一下子站起来，也不掉眼泪了。我拉住缰绳对那个男人说："你数数钱。"

那人把钱举到眼前像是看看有多厚，看完他说："不数了，你拉走吧。"

牛是通人性的，我拉着它往回走时，它知道是我救了它的命，身体老往我身上靠，亲热得很，我对它说："你呀，先别这么高兴，我拉你回去是要你干活，不是把你当爹来养着的。"

我拉着牛回到村里，村里人全围上来看热闹，他们都说我老糊涂了，买了这么一头老牛回来，有个人说："福贵，我看它年纪比你爹还大。"

看牛的告诉我，说它也就只能活两年三年的，我想两三年足够了。

牛到了家，也是我家里的成员了，该给它取个名字，想来想去还是觉得叫它福贵好。定下来叫它福贵，我左看右看都觉得它像我，心里美滋滋的，后来村里人也开始说像，我嘿嘿笑。

福贵是好样的，有时候嘛，也要偷偷懒，可人也常常偷懒，就不要说是牛了。我知道什么时候该让它干活，什么时候该让它歇一歇。只要我累了，我知道它也累了，就让它歇一会儿，我歇得来精神了，那它也该干活了。

老人说着站了起来，拍拍屁股上的尘土，向池塘旁的老牛喊了一声，那牛就走到老人身旁低下了头，老人把犁扛到肩上，拉着牛的缰绳慢慢走去。两个福贵的脚上都沾满了泥，走去时都微微晃动着身体。

老人和牛渐渐远去，我听到老人粗哑的令人感动的嗓音从远处传来，他的歌声在空旷的傍晚像风一样飘扬。炊烟在农舍的屋顶袅袅升起，在霞光四射的空中分散后消隐了。女人吆喝孩子的声音此起彼伏，一个男人挑着粪桶从我跟前走过，扁担吱呀吱呀一路响了过去。慢慢地，田野趋向了宁静，四周出现了模糊，霞光逐渐退去。

(图/吴敏)

冲刺

□莫小米

生命像条河，能平稳流淌直至海洋，何尝不是一种幸福。

若是中途遭遇拦截、跌宕、横生变故，提前看见了终点，有人力求延时，有人反其道而行，冲刺。

贺明就是后者。

1.87米的个子，50岁之前不怎么爱运动，爱弹吉他，爱唱邓丽君的歌，客串过服装模特，拿他妻子的话讲，属于"文艺范"。

2016年4月，被确诊肺癌晚期，医生给出的时间表，最多还能活三个月。

不愿躺在医院的病床上等死，被死神逼入墙角的他，悄悄拟定了一个绝地反击的计划——跑马拉松。

他背着医生和家人溜出医院，开始行走训练，从慢走到慢跑，在坚持系统治疗和运动中，三个月倏然而过，而自己不仅没死，还感受到生命力渐渐得以恢复。刚刚查出病时，他曾虚弱得像个孩子，连楼梯都走不上去。

马拉松，并非人人能跑。即使健康人也不能频繁参加。他的主治大夫是最初强烈反对的人之一："他已骨转移了，身体状况很差，能完成马拉松，真是难以想象。"

他的妻子则一直怀有深深的恐惧，害怕他跑着跑着就倒下去。

有次跑马拉松，他身上竟然带着中心静脉置管。赛前他反复跟护士长说："你把这个给我贴紧一点。"护士长知道原委后大惊失色。

自我训练了一年后，2017年10月，贺明瞒着身边所有人，完成了人生首个半程马拉松赛。妻子既担忧又生气，他告诉她，跑马拉松的时候，自己感觉不到疼了。妻子将信将疑，只有医生知道，他是带着怎样一种巨大的痛苦在奔跑。

"撞墙"，多么形象、可怕的感觉，那是马拉松选手因身体消耗过大，感觉再也挪不动一步，就像被一堵墙挡住了一样。

而贺明，伴随疼痛、呼吸困难甚至咯血，他的生命一直是在"撞墙"的状态下，奔跑，冲刺。一次又一次。

贺明每年跑30场，全国各地都去参加，两年多时间跑了61场，他的目标是跑完100场。

运动科学表明，普通人最合适的参赛频次为每年1~2次全程马拉松、2~3次半程马拉松，因为跑马拉松会遇到极限点，没有足够的时间来调整恢复是不可取的。

但贺明不属于普通人啊，他的时间不够。

2020年1月5日，贺明57岁生日，在厦门跑完第61场马拉松。五个月后，他完成了最后的冲刺——头一昂，胸一挺，迈过了生命的终点线。

（图/木木）

末班车上

□明前茶

那年,3路车的末班车我整整坐了150天,从丈夫入住医院直到他去世。

那是一段两头牵挂的日子,一头在医院,不放心化疗后每天高烧不退的病人;另一头在家中,不放心高二走读的女儿,而我,每天提着保温饭盒走在这条路上,神思恍惚地闻见秋天的最后一批桂花谢去,闻见蜡梅开了……

春天的第一批玉兰开了,丈夫的生日也快到了。这天深夜,精疲力竭的我提着一个巨大的蛋糕盒上了末班车,成了唯一的乘客。

等红灯时,光头司机突然开口:"蛋糕,是病人的朋友买的吧?病人有胃口吃吗?"

我木然作答:"12寸的三层蛋糕,朋友送的。大家都明白,病人估计等不到下一个生日了,买最大号的蛋糕来,希望病人能高兴一点。"

司机说:"朋友是好意。可是,越大的蛋糕,越衬托出病人胃口的虚弱。要是家人,就会买茶杯口大小的,只插一支小蜡烛,就好像祈祷病人像周岁的娃儿一样,从此硬朗起来。"

陌生人之间的交流,暂时移开了心头的巨石,我说起了庆生的细节:"吹蜡烛的时候,老公说,蛋糕上头的数字如果不是45而是54,就好了。他巴望着能活到50岁出头,看着孩子大学毕业,成家立业。这话其实闷得我难受,不知如何应答,有点绝望,就赌气一样说:'孩子无论如何会成才的,你安心养病,操这么远的心干吗?'"

司机启动车辆,驶过长长的下坡,拐弯,再上坡,停在了一个90多秒的红灯前,看得出,他在思量怎样宽慰一个随时可能崩溃的病人家属。

他这么跟我讲:"下次,还是尽量贴近他的心境答话吧,这样不留遗憾。我明白你心里苦,可病人更苦啊!我不是在批评哦,要是遇见你的事,我处理得可能不如你。开这条线,那么多人拎着装CT片的大口袋,戴着化疗后的假发;夏天,看到乘客胳膊上的留置针导管。所以,每隔半年车队领导会调我们去开3个月的43路,那条线经过市妇幼保健院和省妇幼保健院,接的都是生孩子的大肚子、刚出生的小宝宝,一家人欢天喜地。等你家的事过去了,去坐坐那条线吧,看见希望,就不会那么悲伤了。"

没想到,这辈子会在末班公交车上体验人生至关重要的一课。

车窗半开着,夹杂着飞花柳絮的气息扑面而来,它告诉我,凛冽的冬日终将过去。

(图/木木)

我知道父亲会为我兜底

□林特特

1985年,我6岁。我爸给我讲故事,讲的是项羽打了败仗,将乌骓马托付给划船来救他的老翁。乌骓马上了船,项羽却拒绝了老翁的好意,在江边拔剑自杀。那时,乌骓马已到了江心,但还是长嘶一声,跃入乌江殉主。

我哭了。我爸问:"这个故事好吗?"我点头说:"好。"我爸又问:"这个故事是一个叫司马迁的人写的,你要努力啊,这种职业叫作家。"所以,我不认识字的时候,就知道我的理想是作家。

1993年,中考结束。

偏科严重的我,数理化加在一起也只有119分(满分240分),而我的同桌,光数学一门就考了118分。

拿着那张窄窄的分数条回家,我以为爸爸会骂我。谁知道,他盯着它看了一会儿,拉我坐下说:"如果你不能门门课都拿第一名,那就在喜欢的事上做到第一名。比如,你会写文章,那就把文章写好也行,你以后就靠它吃饭。"

"把文章写好又能做什么呢?"我疑惑地问。"起码能进厂里的宣传科吧。"爸爸为我指了条路。从此,我相信,哪怕我啥都不会,只会一样最擅长的事,也能养活自己。

2012年,我刚生完孩子,家庭矛盾不断。

我哭着给爸爸打电话,说过不下去了,不想过了。我爸在电话那头,等我说够了,安慰我:"你要是真过不下去了,想离婚,我和你妈就去北京给你带孩子,你照常工作,别怕!"我忽然就笑了,有了这句话,我就有了底气,事情还没那么坏,冷静下来,生活正常继续。

2019年,我给我爸我妈报了个旅游团,从合肥出发,15天游遍欧洲。过完安检,上飞机前,我爸给我发了条微信,是一组数字。我收到后,正感到费解,很快,接到他的语音通话。他大概在洗手间里,声音明显刻意压低,口气神神秘秘:"要飞十几个小时呢!我还没坐过这么久飞机,万一有危险呢?我先把家里银行卡的密码告诉你!"我事后总结:这真是笔划算的生意,花个报团的钱,就掌握了父母的全部存款。

曾有熟人开我玩笑:"你为什么总有一种莫名其妙的自信?"我也很坦然:"对,别人是永远热泪盈眶,我是永远理直气壮。"事实上,兜里只有10块钱,我都不会自卑,仍觉得自己是白富美;被攻击得一无是处,还会想,我起码还有什么什么不错。

这一切,都只有一个原因——我有人帮我兜底,那个人是我的父亲。

(图/木木)

动情时刻

□木 心

爱情，亦三种境界耳。少年出乎好奇，青年在于审美，中年归向求知。老之将至，义无反顾。

我追索人心的深度，却看到了人心的浅薄。

万头攒动、火树银花之处不必找我。如欲相见，我在各种悲喜交集处，能做的只是长途跋涉，归真返璞。

看清世界的荒谬，是一个智者的基本水准。看清了，不是感到恶心，而是会心一笑。

无知的人总是薄情的。无知的本质，就是薄情。

一个爱我的人，如果爱得讲话结结巴巴、语无伦次，我就知道他爱我。

悲伤有很多种，能加以抑制的悲伤，未必称得上悲伤。

常以为人是一种容器，盛着快乐，盛着悲哀。但人不是容器，人是导管——快乐流过，悲哀流过，导管只是导管。各种快乐、悲哀流过，一直到死，导管才空了。疯子就是导管的淤塞和破裂。

一流的情人永远不必殉殉，永远不会失恋，因为"我爱你，与你何涉"。

没有比粥更温柔的了。念予毕生流离红尘，就找不到一个似粥温柔的人。

从未见有一只鹰飞下来蹲在地上看蚂蚁搬家。

爱一个人，没有机会表白，后来决计绝念；再后来，消息时有所闻，偶尔也见面。幸亏那时未曾说出口，幸亏究竟不能算真的爱上。又爱上另一个人，表白的机会不少，想想，懒下来，懒成朋友，至今还是朋友。光阴荏苒，在电话里有说有笑，心中兀自庆幸，还好……否则苦了。

当愚人来找你商量事情，你别费精神——他早就定了主意。

人害怕寂寞，害怕到无耻的程度。换言之，人的某些无耻行径是由于害怕寂寞而做出来的。轻浮、随遇而爱，谓之滥情。多方向，无主次地泛恋，谓之滥情。言过其实，炫耀伎俩，谓之滥情。无条件痴心于某一人，亦谓之滥情。

你的眉目笑语使我病了一场，热势退尽，还我寂寞的健康。

凡是看我不起的人，我总要多看两眼。

康德的判断："对自然美抱有直接兴趣，永远是心地善良的标志。"此话可以反说，凡已不复善良者，乃对自然美丧失了直接的兴趣。

始终不肯背叛自己的人，虽然吃了很多苦头，最终却可以笑着。

（图/小粒团）

不用付钱

□刘荒田

20年前,我开出租车过活。一天凌晨2时半,我依约到达一座建筑物的门前。夜深人静,大楼里一片黑暗,只有楼下一扇窗户亮着灯。

过了好一会儿,门开了,一个小个子女士,看模样有80岁,站在我跟前。老太太穿着印花上衣,头戴方形帽子,帽子上用扣针别着一块面纱,活像从40年代的电影里走出来的。

"劳驾,把行李提上车去。"老太太对我说。我把衣箱放进车后舱,回过头去帮她。她挽着我的臂膀,缓缓地走下人行道,一个劲地感谢我,说我是大好人。

老太太上了车,把目的地告诉我,接着问:"你能不能穿过下城?"

"路可不近。"我随即说,意思是不想让她额外多付车费。

"不要紧,反正我不赶,我这趟去的是Hospice(临终关怀医院)。"

我从后视镜注视她,她的眼睛含着泪花。她喃喃道:"我没有亲人,医生说我的日子不多了。"

我没搭腔,悄悄地把里程表关掉,问:"你要走哪条路?"

随后两个小时内,我和老太太穿过了整个城市,她指着一栋大楼告诉我,丈夫曾经在那栋大楼内当电梯操作员。我们开进一个住宅区,她告诉我,她和丈夫是在这个小区的一幢房子里度的蜜月。好几次,驶过特别的楼房或者街角,她都要我放慢。到第一线晨曦洒下来时,她蓦地说了一句:"我累了,走吧。"一路上再也没说话。

目的地到了,我打开车后舱,把衣箱拿出来,放在门口。

"多少钱?"老太太边问我边打开手袋。

"不用付钱。"我说。

"你要养家糊口呀。"她说。

"我从别的乘客那里赚回来就是。"我回答。

我几乎是不假思索地弯下腰来,拥抱她。她紧紧搂着我,说:"你给了老人一点快乐时光。感谢你。"

我攥着她的手,好一阵才放开。然后,我走进熹微的晨光。

(图/孙小片)

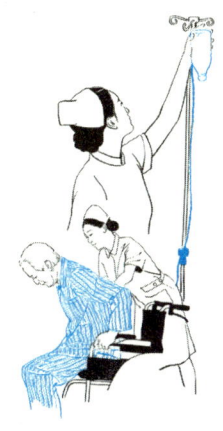

满目皆是

□莫小米

她俩都是成功女人，一个是医生中的佼佼者，一个是企业明星，常在公众场合遇见，彼此相投，就成了朋友。

女企业家不慎腿骨骨折，养了半个月，伤情不容乐观。女医生邀她到自己所在的医院来复诊，全程陪同。

是冬天，也许是骨折少洗澡的缘故，女医生帮她撩起裤管时，一些肤皮扬起来，在诊室大窗户透进来的阳光下，格外显眼。

女企业家平时衣着形象都是精心设计过的，虽年过半百，仍光鲜亮丽，这肤皮一扬，让她羞愧难当。

她连说"对不起，对不起"，心里并未释然。

等腿伤好了，再次遇见，女企业家恢复了优雅。提起就医时的尴尬，女医生愕然，啥事儿啊？早已忘了。说破之后，她笑个不停。问对方："如果不是我在场，你会那么介意吗？"

"不会。"

"为什么？"

"因为医护人员嘛，见怪不怪的，再难看的场面都要看，还在乎一点儿肤皮？"

"那就对啦，当时，我就是医生啊。"

女企业家终于放下心来，并对医生这个职业刮目相看。

每个职业都处于特定的氛围中，都有满目皆是的东西，像我这样的文字编辑，满目皆是稿子、报刊、印刷品，幼儿园满目皆是孩子的笑脸，银行满目皆是账目和钞票，建筑工地满目皆是钢筋水泥，农民满目皆是土地和庄稼……医院呢，除了病痛和死亡，还满目皆是粪便、血污和各种出了问题的器官。

看惯了，便习以为常。

每个职业都有它的快乐和艰辛，仅从此点看，医护工作是高尚的。

有医生朋友对我说，常见一些成年子女陪父母来就医，态度很好，花钱不惜，绝对算是孝顺的，要不是当后来看见了有位老人的脚指甲。

老人不算老，生活能自理，只是比较胖，腰椎有病，脚指甲不知有多长时间没剪，都嵌到肉里去了，老人有灰指甲，看上去有点恶心，儿女不习惯做这样的事。

有的老人送进来时污秽满身，护士来清洁，儿女皱着眉站在一边，根本不会伸手相助。

医生朋友说，其实儿女能稍稍帮一把，老人会很暖心的。毕竟，那是他们当年一把屎一把尿带大的孩子。护士做，是职业；孩子做，那是爱。

（图/吴敏）

珍惜能吵架的朋友

□［日］松浦弥太郎 译/陶 芸

很久以前，我去一家有名的图片设计事务所的时候。事务所里两个很专业的、合作了多年的设计师，情绪十分激动地在吵架。虽然当时事务所里还有我这个等着开会的外人，他们俩也不管不顾地争吵。基本上可以说是在相互大喊大叫。

"真是对不起，他们经常这样的。"

助手很慌张，但是我觉得看到了设计创作的真实情况，一时看得出了神。

"一定要把东西做好！"两个人像是做着投球游戏一样全力以赴，所以作品也十分出色。他们这种可以像夫妻一样大吵大闹的关系，让我印象深刻，似乎还感到了一点儿嫉妒。

意见不同就会发生碰撞，发生碰撞就是检验意见本身是否合适的最佳方式。噪声也有噪声的价值。

跟那些持有不同意见的人争论，有时候会像是吵架一般。

我基本上是不喜欢争执和吵架的，但是即便如此，我在跟那些越线了的人对峙的时候，仍会觉得，即使有碰撞也没什么，甚至可以说有碰撞会更好。

我小的时候，每周都会跟朋友吵一次架，而对方一定是跟我关系很好的朋友。吵架并不是因为讨厌对方，而是因为想让关系变得更好。吵到两个人都哭起来，像是小狗一样变脸，直到精疲力竭两个人都累了，说"咱们算了吧"才罢休。不可思议的是，我们吵完架以后，往往关系会比吵架之前更好。

使出绝杀招，往往会损伤对方的颜面，伤害对方的尊严，从而使憎恶与仇恨滋生。这种争吵既不会磨合彼此的意见，又不会加深彼此的感情，更不会让大家提出什么好的方案，反而会招致复仇这种可怕的情绪。

人类是很脆弱的，所以才会虚张声势。即便是平时很绅士、很中庸的人，被逼急了，也会急于展示自己的力量和正确性。在这种时候，可能会出现压倒性的胜利，会分清楚黑白，会一目了然。请记住，争吵的目的是改善关系。

至于那些吵了架会生出险恶之心的人，我们聪明的做法，就是不与其争吵。

（图/木木）

剪婆婆

□聂鑫森

出阁前,她叫"剪妹";有了儿女,她叫"剪嫂";儿女成家立业了,她顺理成章地被称作"剪婆婆"。

"剪"并不是她的姓,她姓刘,叫刘兰芳,是古城湘潭乡下的青山铺人。那地方的妇女,从小到老,都喜欢剪花(也就是剪纸)。剪什么样式的都有,人生礼仪的"礼花""喜花""寿花",岁时节令的"窗花""墙花"。

刘兰芳六岁就开始学剪花了,心灵手巧,总是在同龄人中头角峥嵘。到了被人称为"剪婆婆"的时候,她的作品自成一格,构图宏大,多剪大场景画面,花草、山水、人物汇于一体。她的作品多次参加市、省和全国大展,成了名副其实的民间艺术家。

人们认为她是为一把剪刀而活着的,只有她配得上在称谓前冠一"剪"字。尽管她有忙不完的农活、家务,但只要一有空闲,就是剪纸。在细细脆脆的剪刀声中,她六十有五了,日子越过越顺心哩,名也有了,钱也有了——城里的各个旅游商店都争着订购她的作品,而且价格不菲。可她还是农妇打扮,该干的农活、家务照干,然后才是剪纸。

丈夫是耕田、种菜的里手,而且身体很好,常对她说:"你就专心剪纸吧,别的事不用你动手。"

她摇摇头,说:"人一懒,心就蠢,手就笨。"女儿、女婿也劝她:"剪纸几个钱赚得太辛苦,没那个必要。"她气也粗了,说:"不是为赚钱,是为自己赚快乐,也给别人快乐!"

有一天,剪婆婆感到长期握剪刀的右手大拇指疼痛不止,摸上去还有一个硬块,剪刀也握不稳了。若是身体其他部位出了再大的毛病,她绝不上医院,人哪有这么金贵呢?但这是要握剪刀的手。在家人的前呼后拥下,剪婆婆去了湘潭一家最好的医院。测体温、验血、照片……有经验的医生说,是骨癌,必须做截指手术!剪婆婆急了,一个月后市里有个改稿会,她送审的表现农村改革开放新气象的大幅剪纸《日子越过越开心》,已获通过,但还要进行修改,截除了大拇指,怎么握剪刀?她只好向大夫陈述她的苦衷,能否只截去大拇指有硬块的第一个关节?医生叹口气,同意了。一个月后,剪婆婆出院了,高高兴兴去参加改稿会。作品一路过关斩将,还得了个金奖。

半年后,剪婆婆动过手术的大拇指又开始剧痛,上面又长出了一个肿块。医生劝她把大拇指或手截掉,以绝癌细胞的扩散,这样可以多活几年。剪婆婆恸哭起来,又是摇头,又是摆手,这样的手术她坚决不能做。她哽咽着说:"好日子过够了,死算个什么。就是花没剪够,没有手了,怎么剪?不能剪花了,要那么长的寿做什么?"

不管家人怎么劝怎么求,剪婆婆都不答应。她突然从口袋里掏出一把剪刀,狠狠地说:"你们硬要截我的手,我就先剪断我的喉管!"医生只好改变医疗方案:先做刮骨手术,再做化疗。剪婆婆开心地笑了。"我能活多久就多久,再剪些花留在世上,就心满意足了。"一年后,剪婆婆辞世。临终前,她只有一个要求:把她常用的剪刀,放在骨灰盒里。到了另一个世界,她还要剪花哩!

(图/李倩莹)

母亲节的玫瑰

□程 玮

一个母亲节的早上,果同学送给我一枝玫瑰。

那时候他7岁,还是第一次送给我母亲节礼物。接过他的礼物,我心里很高兴,同时暗暗吃了一惊。这是一枝非常新鲜的深红色的玫瑰,并且很讲究,很细致地用热带植物的绿叶衬托着,看上去更像插花艺术那类的作品。我猜测他就是把几个月的零花钱加在一起,也很难买到这样一枝花的。

我问他是不是自己买的,他说是的,就在离家不远的花店。我经常去那家花店买花,有时也带上他一起。

我问他是多少钱买的,他说是一马克。那时候德国的货币还是马克。我相信这花远远不止一马克,特别是在母亲节的早晨。果同学从来都是个诚实的孩子,我相信他的话。但我很想弄明白,他究竟是怎样用一马克把这枝超值的玫瑰买到手的。如果他真有这样的本事,我应该天天派他出去买东西。

第二天路过那家花店,我就进去了。花店的空气湿润而芳香。我经常想,在我必须靠打工养活自己时,花店会是我的第一选择。

店主是个清清爽爽的小伙子,他从盛开得灿烂的花丛中笑着向我走过来。我问他我的孩子昨天是不是来买过花。他说是,问我有什么不合适的。我说他花了一马克买了一枝很名贵的玫瑰,我想问问有没有搞错的地方。他说没有。

在他身后的陶罐里,放着同样的玫瑰,上面标价是五马克,而且这是在母亲节以后。他随着我的视线向后看去,马上会意地笑起来。他说:"是这样的,昨天早上买花的人排成长队。您知道的,都是那种到最后一分钟才记起母亲节的年轻和不年轻的孩子。您的孩子站在队伍里,他是那么小,那么甜蜜,所有的人都看着他笑。轮到他的时候,他指着那种玫瑰说,他要买一枝。我问他有多少钱,他给我看了他带的一马克。我问他是给谁买,他说是给妈妈买。您知道,这玫瑰太贵,买的人很少,放着也就凋谢了。所以我就卖给他了。"

我谢过他的好意,说如果多来几个这样的孩子,他很快就会破产的。他笑了,说:"不会。因为这样的孩子不多,有很多孩子会给妈妈送不用花钱的花。再说,如果您孩子明年再来买花,我会把价值的观念教给他一些,今年他实在还太小。"

我从花店出来,沿着春天的街道慢慢地走着,空气中弥漫着花粉的清香。

骤然间我发现,往日路边那些开得铺天盖地的蔷薇花,除了顶梢够不到的和已经开谢了的花朵以外,其他的花全都人间蒸发了——被那些想给母亲送花,却又不舍得花钱的孩子摘光了。

尽管常常有人谴责这样的行为,但我觉得,如果这些路边的蔷薇知道它们在这一天能给那么多母亲带来温情的微笑,它们会快乐得自己落下枝头的。

每个在母亲节收到鲜花的母亲,心里的欢喜真的是难以言说。至于这是什么样的花,从哪里来的,花没花钱,花了多少钱,一贯精打细算的家庭主妇在这个时候都不会介意,她们体会的是这样一份情意。

(图/木木)

作 伴

□叶倾城

父亲80岁那年,儿女们开始为他置办墓地,这也是一种冲喜。

二老亲自看过一次。陵园位置甚好,依山傍水,景色清幽,但就是远,开车过去要一个多小时,即便坐在前排,也被颠簸得不好受。

付清款项,父亲便召开家庭会议:"如果你们的母亲走在我前头,就入土为安;如果我走在她前头,就先不葬,骨灰盒放在家里,等到最后合葬。"

儿女们都呆住了。

父亲徐徐解释:"冬至、清明都要扫墓,去一趟那么远,你们的妈妈晕车。盒子放在自己家方便,也能给她做个伴儿。"

儿女们懂了。

四五年后,老父病逝,骨灰盒就摆在父亲原本每天看书写字的书桌上。这一场病来得急,还散了一桌子字画、碑帖、宣纸,来不及整理,只是墨盒早就干了。

儿女们想收拾一下,母亲制止了,拿起丈夫用惯的中号狼毫,接着纸上最后一个字写下去,一笔一画,努力向原样靠齐。

练字之外,母亲又渐渐开始画国画。几幅青绿山水不知几时被挂在了墙上。

时间久了,父亲的骨灰盒好像也成为家庭摆设的一部分,众人都熟视无睹。只有一样,哪怕是雾霾天气,到处落满灰,母亲也容不得父亲的骨灰盒有一点脏,一天擦十多次,渐渐擦出檀木的油色来。

又过了几年,母亲也去世了。

这一回,儿女们把二老的骨灰盒双双抱在怀里,送他们上山。大家也都好些年没来过了,陵园又立起许多新坟,墓园的布局与以前大不一样,却不知为什么,儿女们总觉得似曾相识,像冥冥中有幅路线图指引着他们。

他们终于找到墓地,让二老入土为安。极目远眺,突然,二女儿发现了:"呀,妈画的山水画,就是这个地方。"于是,他们一个一个都想起来了。墙上的山水画里,一条若隐若现的小路延伸到白云深处,也就是墓地所在。

儿女们面面相觑,还有什么可说的?有一个孩子说:"她只来过一次。"

到最后,只剩一句话:"爸爸一辈子,心里是妈妈;妈妈一辈子,心里是我们。"

有风吹过,墓前的松柏枝叶横斜,一起唰唰地响,像在说:"是的,是的。"

二老在世上做了65年伴,60年是他生前,5年是他逝后。

(图/吴敏)

无声的力量

□莫小米

我母亲的终身职业是小学老师,除语文和数学,教得最多的是音乐。

记忆中,她的嗓子常常是嘶哑的,用嗓过度,水杯里常年泡着胖大海。她说:"我的嗓子现在低了整整一个八度。"年轻时她是女高音,得过县歌唱比赛的银奖。

这是小学老师的职业病。

看见一则新闻,一位老师,在完全失声的情况下,给学生上了一堂课,效果出人意料地好。

陈老师负责小学五年级四个班的科学课。因急性扁桃体发炎,昨天已经调过一节课,今天更为严重,竟然一点儿声音都发不出来了。

第三节课下课后,班主任老师有些担心:"陈老师,你需不需要帮忙?需要我帮你上一节课吗?"

陈老师早就想好了方案,在一张纸上写下:"今天上午的这节实验课,另外三个班都上完了,进度要统一。我准备好了,可以上课。"随后捧起书本,从容地走向教室。

陈老师打开PPT软件,第一页白色的背景上,简单地排列着两行字:"同学们,很抱歉,我讲不了话。请仔细看,PPT上有我要说的。"

一阵叽叽喳喳,然后安静下来,出奇地安静。同学们凝神细读文字,从来没这么仔细过。陈老师将每一个问题、知识点都用文字打在了PPT上,在黑板前穿梭移步,用文字解释知识点和现象。

这是一堂浮力实验课。陈老师先拿着一块实心的橡皮泥,放进了水杯里,橡皮泥扑通沉到了水底。这时,PPT上出现一行字:"请同学们想一想,如何让橡皮泥浮在水面上?"同学们踊跃举手参与讨论,之后大家动手,把橡皮泥做成空心的,加大了橡皮泥的浮力,当浮力大过重力时,橡皮泥就浮起来了。

讲台上的陈老师,时而微笑,时而点头,时而竖起大拇指。同学们很兴奋,课堂氛围活跃而有序,参与度很高。甚至几个平时喜欢捣乱、开小差的学生,似乎都被这特殊的学习氛围吸引住了,表现格外好。

下课铃响起,陈老师用手势表示谢意,全体同学起立鼓掌。这是一堂科学实验课,也是一堂教学实验课。声高才能吸引更多的注意吗?否。在一堂全程无声的授课中,听讲者更认真,更专注,学习更有效,无声胜有声。

(图/木木)

百麦不成面

□杨 栎

包完饺子,一小撮儿面被我扫进了垃圾桶。我妈见后,幽幽叹了口气,说:"单丝不成线,百麦不成面,可惜了。"我知道,又犯错了。

我妈今年75岁,一辈子务农,读过五年书,识得不少字。虽然当了一辈子农民,她的自我感觉还挺好。她的同学,有的进厂当了工人,有的站在柜台里当了售货员,退休了还有退休金。可我妈并不感觉矮了谁半截,因为她有土地啊!土地就是她的衣,她的粮,她的天。她从不嫌弃土地单薄,她常说没懒地,有懒汉。她守护着庄稼,就像守护着她的孩子,见天儿看着我们长大,对未来充满信心。

不要当我妈是个纯粹的庄稼人,她还喜欢看书写字。每逢我到家,问罢饥寒,她会翻开手写本,问我这个字咋读,那个字啥意思——我夸她,真是活到老学到老的典范啊!本子上的字,有铅笔写的,水笔写的,无论什么笔,笔画都很僵硬,可力道十足。看得出,她很认真,也很努力。她想把字写得好看点儿,可步入七十岁之后,她的视力一年不如一年,老花镜换了三四副。每次来我家小住,除了一大兜药,老花镜必然随身携带。

别看我妈絮叨,一点儿小事都能说上好几遍,可捺着性子听,总能淘出令人惊叹的东西。比如今天这句"百麦不成面",绝对是我妈的首创,它与"单丝不成线"珠联璧合,都是一位老人从生活长河里撷取的浪花,水灵灵透着光彩。

我都认错了,可我妈仍不放过我。听,她又开始讲故事了。

话说六十多年前,生活最困难时期,我妈才十来岁,饿得脖颈儿都抬不起来。实在没法儿,外婆领着她去地里捡豆子。队里的黄豆早就收完了,豆秧恐怕都进了牲口肚子,可外婆坚持说,捡一颗算一颗,在家也是饿,不如出门碰碰运气。其实,不要说这里,沟沟岔岔,坡前坡后,早有人捷足先登了。田埂上印满了明晃晃的脚印,一个挨着一个,有大有小,都快把田埂踩平了。

但凡事无绝对,总有漏网之鱼,土坷垃缝里,草丛下,总有几颗眼见不到的豆粒儿,两人如捡到了珍珠。外婆扭头看看,吩咐我妈说,快点儿,小心旁人又来了。有的豆子发芽了,绿生生的甚是可爱。我妈哪里顾得上欣赏,一把塞进嘴里……母女俩捡到晌午,豆子勉强盖住碗底。到家后,外婆把豆子放进石头蒜臼里捣碎,和着野菜煮,最后和点儿红薯面,煮了一锅野菜豆子红薯面汤。我妈一气儿喝了两大碗,肚子撑得像个西瓜,仍旧没有饱腹感。

什么是幸福?对于我妈而言,当时能有黄面馍吃,管饱了吃,就是她向往的最大幸福。这个幸福也太小气了,为什么不是白馍?我揶揄她。她说当时想那个就是白日做梦,她不敢想,就连整村人,也没人敢这么想。我妈不光捡过豆子,还捡过麦子、枣子、柿子,但凡能果腹的事物,但凡土地上生发的物事,我妈都捡过一样……

最后我妈说,一百粒麦子连磨盘的缝儿也塞不满,怎么能磨出面来?所以,我今天扔掉的,可不止一百粒麦子。要知道,"粒米可渡心慌"的——哈哈,又一个金句横空出世了。

(图/豆薇)

当你数到一百颗星星的时候

□张佳玮

以前的夏天,吃完了饭——也许是凉面,也许是稀饭搭配咸鸭蛋、拌藕丝和蟹粉蛋——收碗筷到厨下洗了,我外婆便喝一声:"去乘风凉!"——无锡话,似乎说不好"乘凉"二字,一定得"乘风凉"三个字,出口才顺。于是全家提了竹凳,拿了蒲扇,扶老携幼,出了门去。

各家提了竹凳出来,各分一片坐了。坐得不拥挤,怕热;却也不太开,因为得聊天。

小孩子总是先嚷热:毕竟家里还有电风扇,乍离了风,出来一坐,觉出闷热来,立刻不高兴了。

我那会儿还跟外婆抗议过:"什么乘凉,明明是乘热!"

我外婆便道:"心静自然凉……你数星星吧,数到一百颗,就凉了。"

我那会儿数星星有个笨法子:先找到最熟悉的几颗星,以其为圆心,数周围的;左边几颗,数齐了;右边几颗,数齐了;掰着手指扒拉着,数着数着,好,一百颗了。

果然有效。数到一百颗星星时,果然凉下来了。

——现在想来,是因为心静了,是看久了幽蓝夜空,体感舒服了,是因为时候慢慢过去了,夏夜如凉水,慢慢浸下来了。

大人聊天小孩吵。大人聊物价,聊吃喝,聊乡下来卖西瓜的那辆车今天来过了;聊球赛,聊八卦,聊隔壁厂子的谁新买了个录音机。

小孩吵闹,说二郎神和孙悟空谁厉害,猪八戒打不打得过哪吒,蛇精的如意显灵够不够厉害,是不是打得过姜子牙,西梁女国那个要抢唐僧的女妖怪也是蝎子精……

忽而大家都安静下来,是一缕风来了。众人各自屏息凝神,如饮仙露。

大家停了扇子,伸展肢体,一致赞誉:"好风!好风!"

到夜凉得心沉了,星星也数过一遍了,诸天神佛都讨论过一遭了,便有哪家开了西瓜,切了片,放在脸盆里端来,大人们客气地让,孩子们争先恐后。吃得上了脸,湿了手,兴致高昂,又绕着闹。大人们连哄带劝,让孩子去一旁的水龙头,洗了手脸再来。

孩子们一走,空地上静一刻,便听得见呼噜声——是隔壁楼的胖大叔睡着了。

呼噜噜。

忽然雷霆一声响,轰隆隆。胖大叔便醒了,睁眼看时,天上阴云密布。这时惯于乘凉的诸位,个个面露喜色。大雨滂沱之前,会有阵阵急风,吹得薄衫贴身,精神爽朗。大家站起来,一边拾掇凳子,一边舒展胳膊,吹这珍贵的风。风劲厉,雨点啪啪打将下来;大家各自道一声"明天再见,快点转去",提了凳子,扇子遮头,一路跑回家。

好些年过去了,我外婆过世也十几年了。乘凉的时代,树叶簌簌,雷声隐隐,清风吹衫,西瓜满盆,现在变了空调房里的冰饮:也挺好,更舒适,只比当年少了些风致。

现在的夏日,人自觉躲在房间里太久,逐渐不辨曦月了。

有年夏天回家,真沉下心来,在阳台上数了一遭。找到那几颗星,掰着手指算着,这里几颗,那里几颗……数着数着,记忆慢慢回来了;数着数着,最后那一片也算上了,还多出来一颗。

数重了?还是说,那颗星是外婆的眼睛,正看着我呢?

(图/木木)

从容的淑姨

□明前茶

淑姨的一生，三个短句就可以讲完：求学，出嫁，做了一辈子母亲和奶奶。

她是40年代末河北女子师范的高才生。

大学上到第二年，被继母叫回来嫁人，嫁的是北大法学系的毕业生，一个已在天津法院当法官的年轻人。

淑姨的三个孩子，就是在父亲缺席的情况下，跟着母亲长大的。我完全不清楚淑姨是怎样度过她25岁到55岁的盛年——在没有工作，只替人做一点裁缝手工赚钱买米的情况下，如何养大了两男一女三个孩子，还供他们上学。

她56岁那年，淑姨父才得以平反回家，与家人团聚。但多年的压抑和颠沛已经严重损伤了他的健康，回家不到三年，淑姨父就过世了。

家里最小的女儿已经出嫁，从此，天津租界那栋老房子里，又只剩下淑姨一人。

2005年，我去天津过暑假，彼时婆婆正在写她的家族回忆录。婆婆交给我一项重要的任务，就是陪伴淑姨，并将她少女时代模糊不清的记忆与淑姨核对——淑姨是她唯一的姐姐，年少时以记忆力出众闻名。

见到淑姨时，我大吃一惊，因为眼前的老太太皮肤白净，有着异常清澈、和善的眼神。那眼神完全属于一个养尊处优的大家闺秀，属于一个被命运宠了一辈子的女人。

住在淑姨家近一个月，我感染了她的口头禅：这件事是很有意思的。

淑姨在院子里种了月季和南瓜，清晨五点半起来与乳黄色的月季花打一个照面，这是很有意思的。

淑姨说："到了下午，月季花就变成乳白色的了。"

吃了早饭，给南瓜花授粉是很有意思的。要将初开的雄花摘下倒扣在雌花上，使其授粉。无用的雄花在开全前就要摘除，放在鱼缸里当鱼儿的玩具也是很有意思的。

南瓜花谢了，结了瓜要留瓜也是很有意思的。从瓜蔓的根部往上数叶子，在10~12对叶片处留瓜一两个，别的瓜长到拳头大就要摘除。

淑姨说："北方的南瓜叫倭瓜，长熟了不像你们南方的南瓜——橘红扁圆，外形像大磨盘。北方的南瓜长熟了像骆驼脖子，是长筒形的，嫩时表面是深绿色的。我们天津人拿它做倭瓜饺子馅，吃起来很爽口，有淡淡的甘甜。"

淑姨兴致勃勃地跟我回忆了她生活中有意思的片段，尽管在我看来，那么微小的乐趣很容易像叶子上的露水一样蒸发掉，但我不得不承认，就是这微小的乐趣滋润了淑姨龟裂的心，让她直到晚年，脸上都没有怨愤的皱纹。

我没有完成婆婆交给我的任务，淑姨对她一路的苦难和坎坷一概说："有这回事吗？或许有吧，但我实在记不清了。"

但我从一个小动作上看到她这一生是如何熬过来的：她快80岁了，递人刀剪，刀尖都对着自己。可能因为养成了这等谦卑而从容的姿态，就算经历风雨，她的脸上也有安然的笑容。

（图/豆薇）

会吹口哨的红脸巴

□王小柔

很多人想不通我为什么喜欢养鸟，就跟我想不通为什么有人愿意养鱼一样。一个朋友弄一大水族箱，成天费电，制氧机总是咕嘟咕嘟个没完，跟要熬鱼汤似的。

那些鱼，死了一批又换一批，每次去她家，鱼缸里的主家儿都不一样。

还是鸟好，至少能交流。而且在一个特别热的天，我们家还没电了，在彼此汗流浃背地对视的时候，我做了个决定——"放鸟！"

红脸巴夫妻和王大王二，四只鸟一看笼子门开了，小眼睛滴溜一转，跟挤地铁似的争相往外跑。

为了显示它们能飞，扑扇着翅膀满屋乱飞，情绪极其激动，红脸巴长得跟大老鹰似的，眼神儿却不济，飞两圈就"砰"的一声撞玻璃上了。

掉在地上的小家伙，挺着胸脯喘着粗气，走两步，接着展翅高飞。

我对儿子说："怎么样？自然风，比电扇强。"

红脸巴是一对玄凤鹦鹉，再长长，个头儿出落得跟大公鸡差不多了。

网上尽有显摆自己家鹦鹉才艺的，比如扯着破锣嗓子唱段《黄土高坡》，或者听杰克逊的歌跟着抬脚丫子踩点儿，可我们家鸟自学了一套小流氓口技。

只要一见人，就开始吹口哨，估计它们以为这是礼貌呢，你不搭理它们还好，只要一搭茬，俩鸟就开始用没变好声的嗓子嘎嘎大笑，我在家的这点行为它们全学走了。

天什么时候亮，它们什么时候叫，比闹钟准多了。

因为红脸巴跟泼妇似的成天瞎嚷嚷，王大王二变得沉默了，每天就闷头吃，一口粟子就一口西瓜。

红脸巴仗着自己有带钩的嘴，不知道打哪天开始，自己会开门了。而且就跟它们家有多值钱的东西似的，谁最后离开笼子谁负责关门，走得悄无声息。每次我看见它们的时候，不是站在窗帘盒上，就是把自己挂在窗帘上，用钩嘴磕上面的光片，没几星期，打北京扛回来的高级窗帘装饰都没有了，就剩块布。

让我妈最忍受不了的是，俩鸟拿我们家窗台当大森林了。每次我妈来，都看见俩鸟站在花上挨盆咬叶子，那些倍儿贵的，为了看花的闻味儿的花花草草，全让俩大鸟给干掉了。

为了教育它们，我摆了几盆仙人掌。红脸巴倒也不傻，离老远绕着走。

有个朋友说，它们家鹦鹉会说一句话："胖子，回去！"胖子是他们家的狗，因为家里人总说这句，鸟记住了。

一看见狗出来，就喊："胖子，回去！"狗脑子还是不好使，一听语气，闷头就趴那了，特别听鸟的话。

那个朋友认为，我们家鸟可以往算命方向培养，测个字，叼个签儿什么的。我说，要是我们家这鸟出去给人算命，听完人家身世又吹口哨又狂笑，非被攥死不可。

一只鸟，却有着拿人找乐的态度，那哪成。

现在，红脸巴夫妻正在边听歌边嗑瓜子，时不时拿鼻子跟着哼哼几下。

(图/豆薇)

香水老人

□张立雄

最近和朋友聊天,我开始"鼓吹":人老了,要注意穿着打扮了。原因很简单:年轻人气血旺盛,"体"盖过"衣";老年人,骨衰肉垂,就需要靠外在装扮撑一下精气神了——打扮穿衣还不是最重要的,最重要的是气味,老人比约会的姑娘更需涂抹一点香水,使自己成为一块历经岁月仍具魅力的"沉香"。

我的这个观点,其实来自澳大利亚的一些经历。约二十年前,我经营着一家小清洁公司,其中有一份合同,是为一家慈善机构做家庭清洁。服务对象大都是老弱病残。多数老人生活上无力讲究,屋子里往往有一股"老人味",使人联想到阴湿秋天里的残枝孤影,难免让人悲伤。

有的老人则完全不一样。其中有一个客户,是位叫"瑞秋"的独居老太。第一次去,进了门,我就眼前一亮:她穿着一件鲜亮的黄色衬衣,化了淡妆,她蹒跚移动时,还搅起盈盈的香气。

当我开始打扫时,发现她的柜子、床头摆放着许多不同颜色的玻璃瓶,有的是香水,有的是香油草,另有一些彩盒,里面是干的碎花,红红绿绿。我回头向外望,见她坐在阳光里,出神地望着窗外的一角海天。我很感慨:一位行动不便、眼睛不好的老人,却试图在自己的小屋里营建起一个有香味的世界,一个不靠腿脚和视力便可尽情嗅闻、随意感验的世界。

我为瑞秋打扫卫生约有十个月的光景,两周一次,每次都有半小时的闲聊。她总是有点幽怨和忧伤,而不像一般老人"知命""耳顺"。但正是这些情绪使她显得不安、不弃又不甘,以致我在多年后的今天还记着,并写在这里。

另一个关于香水的故事发生在十多年前。那时我已开起了出租车,晚睡晚起。我在园子里放了把椅子和一张小木桌,平常坐在那里喝咖啡、抽烟,看一会儿书。篱笆的另一边,住着一位孤老太,八十多岁。有时,我坐在篱笆边,隔壁突然传来一阵椅子响,我便知道她也来了,坐在了那一边,一股香水味飘来,若即若离。她的背影被篱笆的缝隙碎成斑斑驳驳、若隐若现。她装扮隆重,一丝不苟,似乎是做好了准备,在等待某个久未兑现的承诺,或等待一个不速之客的闯入。

一个深夜,我下晚班回家,洗澡后就跑到园子里抽烟。那天是满月,如水的月光泻在草坪上,晶莹而水灵。

正在此时,隔壁灯亮了,"吱呀"一声,园门开了,一个佝偻的身影背着月光,斑斑驳驳地走向篱笆,照例一声不吭,带着一片暗香。她坐了一会儿,又站了起来,生起一种"暗香浮动月黄昏"的情景,然后扶着篱笆慢慢地走来走去,似情深而虑重。她来回移动的身影,透过篱笆的缝隙,洒在我家的草坪上,如一出幕布破碎的皮影戏,想一遍一遍地修复重来。我突然觉得:她今夜一定在等待什么,但又不知道她到底在等待什么。

过了几天,房地产公司的人来看隔壁的房子,原来老太已搬到养老院去了。我想,那一夜,想必是她独立生活的最后一夜。我亦能想象,她一定装扮得体面优雅,在社工的搀扶下走出屋子,像是最后一场演出的谢幕。

由于邻居之间交流不多,我对这个老太几乎一无所知,也谈不上有什么感情。但我住在那里时,每次踏进园子,仿佛都会闻到一阵暗香,感受到一种秋菊傲霜、冬梅傲雪的孤芳自赏。其实,唯自赏者,才能赏人而人赏。

(图/月儿)

认真地致谢

□ 韩浩月

家乡的朋友帮了我一个忙，我犹豫良久，写了一段感谢的话，通过微信发了过去。那边沉寂了一两小时，回过来两个字："不用。"

收到这两个字，我有些失落。本以为，他也会回复我一段话，结尾再加上"不用客气"四个字。这样才符合友情交往中的"对等原则"。

"不用"两个字像两粒石子一样，硌在我胸口。想了想，还是自己矫情了，朋友只不过是觉得我见外了而已，本来就不该这么客气的，有些关系一客气，反而显得疏远了。

可是，得到别人的帮助，需要诚心诚意地致谢，并且把谢意表达足、表达到位，这是我来到城市生活之后，城市规则教会我的东西。我们在办公室里，每天要说几十遍"谢谢"，对同事说，对浇花的工人说，对送餐的小哥说……

在亲密关系中，城市也教导人们：要懂得说"谢谢"。"谢谢"两个字，虽然把距离拉得远了点，但把尊重拉得近了点。城市太拥挤了，一句客客气气的"谢谢"，会让人多一点呼吸的空间。

有句话不是这么说的嘛，"孩子一直等父母一句道歉，父母一直等孩子一句谢谢"。我有句道歉的话，一直没对孩子说出口。我想说的是，原谅年轻时的父亲，他那时候要挣扎着生活，要努力地张大口呼吸，才能够扎实地走下去，没有足够的时间陪伴你、教育你，或许让你的童年有所缺失。这句话虽然没表达过，但作为一位父亲，总还是要有些内省的。

那句"谢谢"，我却说出口了。不止一次，我对孩子说，谢谢你的出生，给我们的生活带来了那么多的乐趣。许多时候，每当觉察生命的灰度悄无声息地蔓延开来时，你的笑声可以瞬间驱散一切，让我忍不住感叹一声：生活真好。

"谢谢"重要，还是"抱歉"重要？反复权衡之下，我觉得还是前者吧。懂得感谢的人，自然也懂得表达歉意。很多时候，歉意就藏在感谢中了。

那些帮助过你的人，给你带来过快乐的人，哪怕路过的陌生人的一抹微笑，都值得致谢。很早的时候，我不懂，觉得"谢谢"可以藏在无言中，觉得沉默也是一种表达，懂你的人自然能接收到。

后来我意识到，不是这样的，情感与心意，需要通过语言才能传达。没有了语言的载体，再厚重的情感，也是被压制的火山，时间久了，火山也会熄灭。

有些离开的人，我们可能永远没有机会，对他说一声"谢谢"了。但记得，也许就是最好的感谢。时常念叨一个人的称谓，或者一个人的名字，不说"谢谢"，也是一样的。

遇到有人向我表示感谢的时候，我也会本能地想回复"不用"两个字，但无一例外，每次都会把这两个字删掉，换成别的说法。然后尽量回复得长一点，语气自然一点。如此，才符合友情交往的"对等原则"。

现在的每一天，我都还在说"谢谢"，具体说多少次，不知道。但可以确定的是，每天早晨的第一缕阳光，听到的第一声鸟鸣，扑面而来的第一丝微风，都值得感谢。那无形的一切，都会让人心中涌起感激。

感激活着，感谢每一份拥有。

（图/HHYM）

爬山的人

□尤 今

一次爬山之旅,居然成了阿欣人生的转折点。

阿欣攀爬的,是印度尼西亚高达3726米的林贾尼火山。

那年,她30岁,是而立之龄,任职于一家律师行,担任辩护律师。让她最感沮丧的是,有时,犯罪证据确凿,但她得挖空心思为受控者脱罪;倘若输了,有挫败感;如果赢了,不但没有成就感,还得遭受良心的谴责。

年复一年在旁人羡慕的眼光中享受着高薪厚禄的她,内心却陷落于一张痛苦的大网中,每个网眼里,都是难以和他人言说的矛盾和挣扎。

她觉得自己来到了人生的十字路口。

她请了一个星期年假,只身飞往印度尼西亚的龙目岛,找了个挑夫,以四天时间,攀爬风光壮丽的林贾尼火山。阿欣认为,许多时候,要治疗一颗疲惫的心,绮丽的景致比任何心理医生更有疗效。

然而,令爬山高手阿欣难以意料的是,林贾尼火山竟然能媲美李白的《蜀道难》,让她屡屡发出了"难于上青天"的慨叹!

阿欣余悸犹存地忆述道:

"山势陡峭,碎石路又多,攀爬到后来,简直就是一步一顿了。元气耗尽,全身每一个关节都好像有尖利的匕首在游走,疼得我直不起身子。抬头仰望,山巅遥遥;低头俯视,山路漫漫;我在中间,进退两难。看着看着,眼泪就忍不住哗啦哗啦地流下来了。后来,立定心意,与其窝囊地后退,不如奋勇地前进。那天,攀爬了将近11个小时,才来到半山的扎营处,整个人虚弱得像强风中的蜡烛;双腿,好似腌过了的萝卜,一点力道也没有。"

次日,历尽艰辛,终于爬上了山巅。宛若仙境的美景,让阿欣魂魄悠悠出窍。

接下来,长达两天的下山路,阿欣又经历了宛若地狱式的磨难。当阿欣晾晒这段记忆时,口吻里还残留着痛楚:

"碰上了暴风雨袭击,山泥崩泻,我好多次差点像泥土一样被冲下山去,感觉死了一次又一次,是平生少有的惊险和惊悸。"

来到山麓,阿欣像是一根烂了的葱,软塌塌的,浑身散发出浑浊的气息,可是,阿欣清清楚楚地知道,和往昔相较,她已不再是同样的一个人。

她的内心,住了一个强大的巨人。

她对我说道:"许多人想征服林贾尼火山,但都经不起折腾,半途而废。对我来说,登上山顶,并不是最大的目标,在爬山的过程中,如何为自己源源地注入勇气,克服想要放弃的念头而坚持到底,才是重要的。"

回来后,阿欣重新规划了自己的人生。

她离开了律师行,加入了一个国际组织,远赴非洲肯尼亚,为贫苦的百姓提供法律服务,为他们争取在法律上应该享有的各种权益。

她最近回来度假,内心的丰盈使她整个人焕发出熠熠的光彩,她微笑着说道:"我现在是领队,带着他人攀爬人生无形的山峰,道途险峻、困难重重,可是,有了攀爬林贾尼火山的经验,我清楚地知道,只要我坚持,一定可以抵达最终的目标;而最重要的是,站在山巅,当我和他人分享险峰那气吞山河的美好景致时,我自豪而无须自省,快乐得十分纯粹。"

(图/陈明贵)

悼念一只鸡

□李汉荣

我家仅有的白母鸡死了。

鸡是星期天从市场上买回来的，本来准备当天就杀掉，看到它那样娇小，又那样文弱，在鸡的家族里，它还是一个正值青春期的少女，于是举起的刀就又羞愧地、负罪般地缩回去了，恨不得赶快隐居深山，重新变成一块慈祥的石头。

它的确很文弱，走起路来总是迈着碎步，左顾右盼，好像怕跌倒；也许它胆怯，对它生存的环境充满戒备和不信任。它很少大声吵嚷，这也许是因为它的生活里没有令它欣喜若狂的事情发生，也许它生性宁静，不喜欢嘈杂，不论来自身的嘈杂还是自身之外的嘈杂，它都一一谢绝了。它生活得很静，至少表面上是这样。

奇迹发生了。一天中午，我看见它很着急地四处奔走和搜寻，像要做一件隐秘而重大的事情。

果然，一颗蛋生下来了，多不容易啊！它在纸屑箱里蹲了六十五分钟，这是怎样艰难的分娩啊！谁知道它为这第一次生育忍受了多少痛苦和磨难。

我捧起这枚还带着温热的蛋，久久端详着。蛋很小，比一般的蛋小得多。我感激地望着这位小小的母亲。难为你了，你只是吃些剩饭糙米菜叶，却创造了这样洁白丰盈的作品，你送给我如此慷慨的礼物，我愧对这慷慨。

我每天都抽出时间关照它。早晨我打开它那简陋的房舍，让它呼吸最纯净的空气，得到最温暖的阳光；黄昏，我细心地铺垫它的寝室，让它也有一处不错的梦乡。下雨了，我为它搭盖房檐，看着它在雨地里浑身湿透的样子，真想对它说：朋友，避避雨吧，小心感冒。

我发现它越来越孤寂和凄清，无论它走着蹲着站着卧着，总透出一种孤弱无助的伤感。噢，它怎能不孤独呢？它远离了鸡的群落，而皈依人类，在自然的眼睛里，它已经属于人了；而在人的世界里，它只是一只鸡，一种家禽，一个生蛋的工具。它的确是孤弱而无助啊。

唉，为什么它是鸡呢？它为什么不是一只鸟呢？有翅膀而不能飞，该是怎样的不幸啊！

每一次给它喂食，我都想：如果它一夜之间变成一只鸟，对它，对我，该是如何欣喜？

然而它死了。死于连日阴雨和营养不良造成的病痛。我很难受，一个鲜活、文静、洁白、孤独的生命离我而去了……

我想起它生病的前一天，还为我生了一个蛋，蛋壳很薄，有些地方还没有完全弥合，可以看见里面的蛋黄色。我捧起那颗蛋，又感激又悲悯：鸡啊！你缺乏营养，几乎已经不能构造一颗完整的蛋，但还在为你不理解的这个世界提供营养。想到这里，我几乎掉泪了……

如果它不这样死去，而是活着，又该怎样呢？我不能再想下去了。当晚就做了个梦：一个神话般美丽又缥缈的梦，我在梦中超度了它，这不幸的、白色的生灵，在我的梦里飞得很高很高——

它的翅膀跃动起来，复活了飞翔的天姿，它变成了一只白色的神鸟，往返于白云和雪山，鸣叫于旷野和江河，在坟墓和废墟的上空，划过一道又一道静美的雪光。

在命运之上，高高地回响着生命的赞美诗。在梦里，我好像很欣慰，好像一直在微笑着……

（图/小粒团）

传　承

□苗　炜

比利时有一个作家叫莉迪亚·弗莱姆，她写过一本书——《我如何清空父母的家》。

在父母相继去世之后，莉迪亚开始清理父母的家：哪些东西该扔掉，哪些东西该送人，哪些东西该自己保留。

她拿起一件东西又放下，再拿起另一件东西，迟迟不能做决定。物品不只是物品，上面有人的印记。物品可以让我们的存在延续下去。

莉迪亚从父母家里找出当年母亲生她时住院的账单，第一次得知，妈妈住的病房号码是466。她找到了母亲喂她喝奶用的奶瓶，找到了很多陈年的账本和信件，还找到了外祖母和曾外祖母做的针线活儿。

这是一种时间跨度上的保存，妈妈保存了她的妈妈、她妈妈的妈妈留下的针线活儿，也保存了自己女儿出生时用的奶瓶。

莉迪亚把一些旧家具、旧衣服送给了朋友，她在父母家中发现了当年父母之间的情书，还发现了几十张餐巾纸，它们来自世界各地，有的是餐厅的，有的是咖啡馆的。每张餐巾纸上都有妈妈的字迹：1983年3月2日，闲谈馆，奥尔良；1983年6月18日，布鲁日，抒情酒馆；1981年11月15日，哥本哈根的斯堪的纳维亚旅馆……

餐巾纸本来是很容易被丢掉的东西，但莉迪亚的妈妈去各地旅行，在那些咖啡馆和餐厅里拿了两张餐巾纸，写下时间、地点，就把自己生命的印记放在这些不起眼的东西上了，这其实是一种空间上的占有。

一个人的生命感受不只来自时间上的传承，也来自空间上的凝视。

她当然很容易就可以把这些旧餐巾纸扔掉，但那些地方是妈妈去过的地方，妈妈在那里喝了一杯咖啡，吃了一块很美味的蛋糕，吃了一顿晚饭。她可能在旅行中感到平静和快乐，她的生命感受通过这几张餐巾纸传递给了女儿。

(图/叶姗姗)

爱我就请搭火车

□林小夕

法国电影导演帕特里斯·夏洛尔执导了令世人瞩目的电影——《爱我就请搭火车》，影片取材于他和朋友的亲身经历。片名是朋友的原话——当时住在巴黎的他想死后埋在小镇利马汤的墓地里，利马汤距巴黎有四个半小时的火车车程，如果那样的话，亲朋好友都要长途跋涉去参加他的葬礼，这对一向慵懒、散漫、喜欢享乐的巴黎人来说无疑是一道难题。当别人对此表示质疑时，那位朋友便说"爱我就请搭火车"。

我喜欢这部电影，也喜欢这个给导演以灵感、给观众以遐思的片名。

不知怎么，这部电影让我想起一位偶然认识的老人。那是数年前，我刚刚辞去工作，在离市中心不远的地方租了一套房子，开始向往已久的写作生活。距我住所500米有一个公园，公园后面的山上是一片墓地。每天写作之前，我都要去公园散步，有时兴之所至也会攀到山顶，遥望那片墓地。有一天，我看见一位老人在墓地里拔草，出于好奇，便走过去。老人一抬头看见我，笑着冲我打招呼，原来他是守墓人，负责看护这片墓地。我一向对从事特殊职业的人感兴趣，于是和他攀谈起来。

他不是滨城人。三年前，老伴去世了，他来到这里，做了一名守墓人。

"她不在这儿。"老人指着墓地，仿佛在回忆什么说，"我把她埋在我们家乡了。"

他家里的积蓄，为了给老伴治病，花光了。老伴去世前，在病榻上躺了五年。本来家里就没多少积蓄，他省了又省，也没撑多久，只好卖地，后来又卖房子，再后来，就向亲戚、乡亲借。结果，还是没能挽留她的生命。

料理完后事，他只身南下滨城，打工还债。这一年，他57岁，但看上去像一位七旬老人。

"我已经三年没回去了，她坟前的草说不定有几尺高了。等还完债，我就回去。我感觉，再有一年半就够了。"老人说道，弯下身子，继续拔草。

"那——"我犹豫了一下，问，"老家那边的人知道你在这儿守墓吗？"

"以前不知道，前一阵不知听谁说了，托人捎信让我回去，还说剩下的钱不用还了。那怎么行！庄稼人赚点钱不容易，我只要有口气能动弹，就一定要把债还清。"老人神色坚定地说。

我望着这位老人，肃然起敬。我真想帮帮他，但我知道他不会接受我的钱。所以每过段时间就买些水果、点心给他。我们的交往断断续续，持续了近一年，后来我买了新居，忙着装修、搬家，就顾不上了。等到一切安顿好后，因两地相距较远，虽然有时也想去看他，但始终没能成行。

现在，已经过去五年，如果不是这部法国电影，我可能就这样彻底把他忘了。其实他只是一位来自中国北方的普通农民，和那位大名鼎鼎的法国导演没有丝毫相似之处，唯一有关联的是：从他的家乡到我们这座城市，需要乘四个半小时的火车。但他乘火车来这里，不是为了参加亲人的葬礼，而是为偿还给亲人治病欠下的债务。

我不知道，他现在是否安康，但我知道，他一定已还清债务，可以随时挥手作别，与另一个世界的她相聚。

(图/陈明贵)

文头雪和爱玉冻

□谭幼今

好友阿瑶来访，捎来了一个惊喜。

她亲手制作了一大盆文头雪——宛若凝脂的果冻上，铺满五彩的杂果，滴入了提神的柠檬汁，加入了晶莹的亚答籽。杂果甜入心坎，亚答籽口感Q弹，柠檬那若即若离的酸，是画龙点睛的无限精彩，而当那热情朴拙地散发着植物清香的文头雪滑下喉头时，那滑嫩到了极致的口感，立马将生活化成了圆月般的完满。

啊啊啊，这是一道伴随我走过童年而又暌违已久的快乐甜品。

小时，住在怡保。

街头巷尾，常有小摊子售卖文头雪。大若面盆的铝质器皿里，盛着像黄色水晶般闪闪发亮的果子冻，在汗流浃背的炎热天气里，这真可说得上是味蕾的恩物啊！摊贩一手执勺，一手把文头雪舀进碗里，加入糖水和柠檬汁，再把刨得薄薄的雪花厚厚地堆在上面。把这样一大碗文头雪三下五除二地吃下去，暑潦尽消，原本奄奄一息的疲惫也被驱赶殆尽。那时，和父母出门，最大的期盼便是来一碗文头雪。它价格便宜，父亲纵使捉襟见肘，也从来不曾拒绝过我们的要求。一家子站在街头，捧着文头雪津津有味地吃，是我童年记忆里一道美若彩虹的风景。

8岁迁居新加坡，入读于丹戎巴葛的育群小学，离学校不远的空地上，麇集着许多售卖小食的摊贩，其中有个摊子，卖的便是文头雪；然而，这时，我只能用馋馋的目光舔着来吃了，因为零用钱实在有限，我必须锱铢必较地把每一分每一毫都省下来，用以买心爱的课外书去喂养我永远处在饥饿状态中的精神——和精神食粮相较，文头雪就只能靠边站了。

岁月嬗递，街边摊贩被取缔了，毫不起眼的文头雪蜷缩一隅，渐渐地从我的视线和记忆里淡出了……

多年后，在台湾的夜市里，和文头雪异地重逢；不过，在这儿，它不叫文头雪，它叫"爱玉冻"。只见它娇柔万状地躺在盆子里，好似一轮浪漫的超大月亮。我站在街头，高兴地吃着它，也温馨地温习着我美丽的童年。

然而，后来我才知道，文头雪和爱玉冻这两种东西，虽然貌似、神似，而味道也百分之百的相似，但它们的果胶是从两种植物里提炼出来的。前者取自一种叫作薜荔子的植物，通常攀附于树木及岩石上生长，它的种子的别名是"文头米"；后者则提炼自高山特产爱玉子，这种植物，同样攀生于树干或岩石上。据说台湾民众从清朝便广泛食用爱玉冻了，因为它不但美味可口，还具有很高的药用价值，润喉润肺、清热解毒、止咳化痰、美化肌肤，因此成为当地脍炙人口的小食。

我问阿瑶："你做的，到底是文头雪呢，还是爱玉冻？"

机智的她，微笑着答道："你如果想念的是乡情，你现在享用着的，就是文头雪；你如果缅怀的是旅情，那么，你手中的这一碗，就是爱玉冻了！"

我舀了一口，细细品味，那种柔滑清甜，从味蕾一直迤迤逦逦地绵延到心叶。

我说："这，肯定是文头雪！"

（图/豆薇）

呼噜奇缘

□ 朝 雨

小时候，父母在外地工作，把我交给年迈的爷爷奶奶来带。那时候北方的村子里，家家户户都有大土炕，一家人晚上都睡在上面。从我记事起，每个夜晚爷爷的呼噜声都会如期而至。他的呼噜声是如此之大，以至于小小的我半夜被吵醒好几回。

爷爷不仅打呼，还经常说梦话。爷爷曾经有一头牛，养了二十几年，感情深厚，最后那头牛老弱多病，被拉到屠宰场去了。自从老牛走后，爷爷经常说这样的梦话："牛跑啦……快去拉牛啊，牛跑到房顶上去啦。"这梦话不是说出来的，而是一种迫切的呼喊，令黑暗中骤然清醒的我感受着其中的十万火急，我的心跳得跟拨浪鼓一样。后来爷爷去世了，奶奶回忆说，小时候的我，每晚睡觉前，都很认真地请求爷爷，晚上睡觉可不可以不打呼噜。

再大一点的时候，我跟着父母一起生活，晚上睡觉一家人挤在一张狭窄的木床上。爸爸也爱打呼噜，妈妈每次被吵醒后，都不耐烦地把他拍醒。后来，爸爸的事业有了些起色，我们的房子从最初的小茅屋换成了小洋楼。

作为代价的是，爸爸经常夜里加班，或者出去应酬，深夜不归。

妈妈晚上睡觉终于没有呼噜的打扰了，可是她却常常失眠。只有等爸爸回来，熟悉的鼾声又响起时，她才能安然入睡。

初中我开始了住宿生涯，一个宿舍住八个人。那时候我想，这些可爱的女孩子总不至于睡觉打呼吧。没想到我的一个舍友不仅呼噜、说梦话。高中的时候，学习压力一年比一年大，我的成绩跟不上，渐渐觉得不堪重负。晚上每个人都在寝室阿姨一遍遍勒令熄灯的喊叫声中，偷偷打开小夜灯，做题直至深夜。也有女孩子不甘寂寞，晚上能煲几个小时的电话粥。好不容易归于平静，大大小小的呼噜声又使我身陷"四面楚歌"。仰天长叹，众人皆睡我独醒。

工作之后，我租了个房子。终于摆脱了集体生活，可以一个人安然入睡。但是呼噜声仍然没有放过我。跟同事出差的时候，同住一个房间，她的呼噜声小而有力，足以让我彻夜失眠。从小到大困扰我的睡眠问题，使我清醒地认识到，睡眠是大事啊。于是我决定，以后要结婚的话，一定要找一个睡觉安静的人共度余生。

当我找到了生命中的真爱，并与他结婚后，却发现他的呼噜声不输当年听到的任何一种。我有些哭笑不得。往往我还在跟他说，不要打呼噜哦，他前一秒还在答应着，下一秒鼾声就已经呼之欲出了。

就这样，我与呼噜结下了不解之缘。不过经历了漫长的与之共生的岁月，我倒觉得它并没有那么讨厌了。我看到更多的是，老公为了不打呼，一遍遍地调整成他不喜欢的睡姿，即使好多次被我叫醒也毫无怨言；舍友的欢声笑语、明媚芳华，和她们的呼噜声一起留在了我的青春里，永不磨灭；爷爷对幼小的我无微不至的照顾，比他的鼾声更让我记忆深刻。比起偶尔扰人睡眠的呼噜，陪伴与爱才更为重要，不是吗？

有一天早晨醒来，老公像发现新大陆般地跟我说："你知道吗？昨天晚上你也打呼噜了。"

（图/黄煜博）

晚星就像你的眼睛

□窗外风

我们会坠入爱河,我深信不疑。

晚上同六岁的外甥女果果一起出来散步,天空幽远又深邃,辽阔的天幕上半个月亮从东边升起,白茫茫照着大地,地上仿佛落了霜,我的目光落在月亮上,指着月亮让果果看,果果说:"旁边还有一颗大星星呢。"果真,一颗明亮的星星陪伴在月亮旁边,月华也不能遮盖它的光芒。

六岁的小女孩说:"星星像眼睛,不停地眨呀眨。"

我俯身拿起小女孩柔若无骨的小手,使劲握了握:星星像果果的大眼睛。果果咯咯笑起来。

蓦地,我想起那首正大火的《漠河舞厅》,里面的几句歌词让我极其惊艳:"我从没有见过极光出现的村落,也没有见过有人在深夜放烟火,晚星就像你的眼睛杀人又放火,你什么都没有说,野风惊扰我。"

第一次听到这首歌的时候,立刻就被那句"晚星就像你的眼睛杀人又放火"吸引,顿时觉得,仿佛再没有别的话语比这句歌词来得贴切,四目相对,电光石火,目光随意一瞥,足有杀人放火那般厉害。

然后,我知道了这首歌背后的故事,《漠河舞厅》是音乐人柳爽以张德全老人和亡妻的爱情故事为原型创作并演唱的,歌曲最后写着:谨以此歌献给张德全老人及其已逝爱妻。

多年前,在最冷的漠河,年轻的张德全第一次见到爱妻的时候,就被她的舞姿吸引,那个年轻的姑娘,有轻盈的身姿,灵动的双眼,笑靥如花,那双眼睛瞟向他的时候,他就像触电一般,果真是眼睛能杀人又能放火。后来姑娘成了张德全的妻子,张德全陪她在拥挤的仓库里跳舞,那是张德全老人一生中最灿烂的时光。一切美好时光在1987年的那场大火中戛然而止,那场大火席卷整个漠河县,只用半天,漠河就化为一场灰烬,在遇难的193人中,就有张德全老人的妻子。

从此,张德全老人再未续弦,他们也没有孩子,他三十年如一日给妻子写信,表达自己的思念和爱恋。

每当夜幕降临,漠河舞厅都会迎来这位孤独的老人,音乐响起,灯火明明灭灭,老人站在舞池中央,独自起舞,仿佛又回到那间狭小的仓库,仿佛爱人依然在身旁,仿佛时光倒流,仿佛命运从未蹉跎,仿佛那双眼睛依然在凝视自己,仿佛能感受到来自那双眼睛的灼热。张德全给妻子的信是这样写的:"苦难已过,世界大好,我也老了很多。人因何而美丽,又因何而凋谢,是惹怒了憩息的神明,抑或是连同它也嫉妒你的美丽,降于你炽热地登场又炽热地退去,我们会坠入爱河,我深信不疑。"

老人独舞的场景,仿佛一眼就能看到,那双让人迷醉的眼睛,一直在眼前从未远离。那样的一双眼睛,能杀人又能放火,能让人触电般战栗。那样的一双眼睛,既活在人的心里,也如星星一般永恒在天幕上。林深时见鹿,海蓝时见鲸,梦醒时见你,风华是一指流沙,苍老的是那些年华。

月亮旁边那颗明亮的星星,在向我们眨眼睛。指缝太宽,时光太瘦,愿永远热爱,永远年轻,永远热泪盈眶。

(图/HHYM)

石　榴

□玄　月

在枫丹园，一棵石榴树兀自立着。和周边的香樟、朴树、红叶李、桂花树不同，石榴树大热天开花，到了秋天就挂满红灯笼般的石榴。

石榴是麻叔栽下的。麻叔住一楼，向南的门前是空地，空地植了草坪，他就在这草坪上栽了石榴树，和其他的树隔空相望。

树梢上的石榴熟得裂开了口，是采摘的时候了，麻叔就找来保安，要他们帮忙，把石榴摘下。这日子一定是在周末，孩子们聚在石榴树下玩的时候。摘三个是三个，摘五个是五个，掰开了让孩子们品尝。孩子们图个新鲜你抢我抢，麻叔在一边乐。

不过麻叔有讲究，不论石榴大小年，麻叔总会让保安留一个在树上。保安也不问为什么，留就留吧，一棵树上挂一枚果子，远远地望，还挺好看。

麻叔一个人过日子，儿子买的房子，平时来看望得少，来了也是风一样匆匆地来去。麻叔平时和人说，儿子是好儿子，不容易。家家有本难念的经，也没有人多过问。

算算麻叔住在枫丹园已有十年了，石榴树也在枫丹园草坪上长十年了。连年石榴都结得多，树长高了，枝头的石榴就难摘到了，又吸引了一批人拿着手机拍照，把拍好的照片发在微信朋友圈，赚了不少的赞。有时拍照片的人还将麻叔拍了进去，多在不经意间，麻叔正笑得灿烂。

不知为什么，今年六七月间雨水大，不停地下，下得天昏地暗。石榴树起先怀了一树的蕾，麻叔欢喜，心想又是石榴的大年。

雨不停，石榴花还是开了，但开得短命，很快就在雨中掉落了。麻叔的心一阵阵绞痛，树上的花都落到地上了，还了得！

好不容易天晴了，麻叔看到树上挂了小石榴，心中窃喜，尽管比往年少，还是数不过来。

没喜上几天，挂枝的石榴开始脱落，成批地落。麻叔想制止，可又有什么办法制止呢？

麻叔仰着头，心中猫抓样难受。

麻叔少有地打电话让儿子回来。儿子进门，麻叔劈头盖脸一句话："石榴都落了。"儿子问麻叔："就为这事？"麻叔说："天大的事。"

麻叔拉着儿子去石榴树下，让儿子找树上的石榴。石榴树上空得很，原本挂满石榴的枝头只剩下了叶片。还是儿子眼尖，一声惊呼："爸，有一个，有一个！"

麻叔顺着儿子的指示，果然看到一个石榴，周周正正，红彤彤的像张笑脸。

秋深了，一树黄黄的石榴叶落尽了，只剩下一颗硕大的石榴，裂开口子挂在枝头。下雪了，石榴树上覆了一层雪，那颗独一的石榴仍挂在高高的枝头。一只灰喜鹊盯着红红的石榴籽，半天没下嘴。

麻叔病了，躺在床上，窗口正对着石榴树，那颗石榴灌满了他的眼睛。儿子看到了灰喜鹊，挥手去赶，麻叔忙艰难地抬起手制止了。

灰喜鹊还是飞走了，麻叔突然鼓足了劲儿，喊了声："石——榴。"声音乘着灰喜鹊的翅膀，飘进茫茫风雪里。

儿子热泪奔涌，父亲喊的是一个人的名字。母亲去世二十年了，她的名字叫作石榴……

枫丹园的石榴成了一景，只是少了麻叔。

（图/麦小片）

瓜窖的秘密

□明前茶

老于是陕西人,20多岁时是一名采长绒棉的季节工,因为贪看新疆大地上的广袤风景,在这里留了下来,娶了一位高鼻梁的妻子,生了两个漂亮清秀的儿子。

成家后,老于也不干采花工了,拜师学艺,在自家门面房外搞了一个馕坑,靠烤馕、烤羊排、烤包子过日子。

到了秋天,老于有一项手艺深受食客的青睐,这就是当地朋友宋哥带我们去吃的"西瓜鸡"。

新疆的西瓜,在立秋前后就全部从沙地上收回来了。老于亲自开着车去收瓜。需要长期储存的西瓜,要在晚霞满天时采收回来,每个瓜轻叩听音,必须是七成熟,瓜身须是端正的长椭圆形,每个西瓜留三个蔓节,每个蔓节留一片绿叶。在离蔓节三厘米处切断,切口立即蘸上干草木灰,防止细菌进入。

瓜连夜运回来,老于的妻子与小舅子们已将自家的两个地窖打扫干净,用细河沙垫起约70厘米厚,西瓜就按照原来的生长姿态摆放在这沙床上,进入"秋眠"状态。

这个地窖,老于每天都会进来检查,每十天用少许磷肥兑水,进行叶面追肥,让这些瓜继续呼吸、缓慢成熟。

老于带我们去看过瓜窖。经过两个月的储存,西瓜藤蔓上的叶片依旧有黄有绿,有些绿叶上还凝结着一滴晶莹的水。老于说,西瓜熟至八分,做西瓜鸡最是好吃,超过九分,瓜瓤会糠空,西瓜鸡的味道就不清醇了。

做西瓜鸡很有表演意味。老于当众操作,先用刀在椭圆西瓜上端五分之一处轻划一刀,用勺子将瓜瓤挖尽;接着,将清蒸童子鸡以手撕开,连同汤装入西瓜壳中,加入红枣、枸杞,盖上瓜盖,用牙签将瓜盖与瓜身缝合;然后他为整个瓜身糊上河泥,准备一个只比瓜的直径大一点点的小铝盆,铝盆底下糊上河泥,将瓜竖放进去,用粗铁丝将瓜绑挂在馕坑里,加炭火,烤到瓜皮外面的河泥全裂开。

老于小心翼翼地将瓜取出,轻轻敲击,河泥纷纷掉落。将微微皱缩的瓜盖打开,一股浓郁的香气扑面而来。鸡汤微微有一丝清甜,浓郁、香醇,还略带一点焦香味。打个不太恰当的比喻——西瓜鸡仿佛沾染了炭烧咖啡的一点魂。

吃完西瓜鸡,与老于的儿子们一起在宽敞的场院里玩跳房子,是我这些年最快乐、最接近童年的一刻。正在换牙的小小子贴耳告诉我一个小秘密:

"我爸这两窖西瓜要卖到春节呢,你猜,要是冬天寒潮来了,地窖里放的那碗水都结了冰,可怎么办?"

"用取暖器?""不对。"

"烧柴?""不对。"

豁牙的小孩笑得像西边最灿烂的太阳:"告诉你吧,爸妈会把羊装在一个木条笼子里,放进地窖。羊的呼吸会让地窖变暖那么一丢丢,西瓜就不会冻坏了。"

他的神情,就像已经把全世界最重要的秘密——亮晶晶的、长着童话翅膀的秘密——放在了我的手心。

(图/吴敏)

爱到最后一分钟

□尤 伶

我住院的时候,邻床是一位年过花甲的老太,得的是子宫肌瘤,只是不巧生在大血管上,动不得手术,几乎成了血癌的症状,只能靠每隔数日的输血来维持生命。

老太身边没有子女,陪床的始终是老头儿一个人,擦身换衣,端屎端尿,伺候一日三餐。

老头儿七十多岁了,瘦瘦小小的,但人风趣可亲,总是满脸堆着笑。

白日里,老头儿总会坐在床边和老太细细数落着陈年往事,哪一年拜的天地,新娘子羞得抬不起头;哪一年没有粮食吃,夫妻俩到处挖马兰头;哪一年的年糕晒到了夏,硬得像砖头……说到高兴处,老头儿会手舞足蹈,煞有介事地来段戏,唱得并不好,身板也不灵活,但老太看得有滋有味,呵呵地笑。

我被他们的乐观感动,傻乎乎地跟着他们笑。

老头儿剥着一个个香蕉、橘子,哄孩子似的喂老太吃:"再吃一口,来!""想吃什么?我下去买点苹果好不好?"老太摇头,输血让她倒尽了胃口。"好,不吃不吃,躺下来睡一觉好不好?"

老头儿温柔地说。在他的眼中,比他小六岁的老太还很天真,会撒娇,会发小脾气,需要他耐心地哄。

老太的病一天天恶化,脸色苍白,手脚麻木,全身酸痛无力,大小便常常失禁,护士小姐都嫌脏,不愿碰老太。老头儿换下潮湿的床单,擒到老太眼前:"又尿床喽!"

这时候,老太会对我们说:"咳,又苦了老头儿了!"

"不苦!"老头儿没等我们点头赞同就急着否认。

我望着老头儿佝偻着身子抱着一堆脏衣服去卫生间,一种异样的温暖涌上心头:这么平凡的一对夫妻,没有海誓山盟的诺言,却可以互敬互爱,不离不弃,一朝结发,至死相随!

老太有时会突然很认真地问老头儿:"我会不会死?"

老头儿不紧不慢地揉着她冰凉的双脚:"乱说!你死不了,你这么不听话,阎王爷怎么管得住!"

老太被逗乐了。

"等你病好了,我们就去北京,去看看万里长城。"老头儿的手在空中做出了飞机腾空的姿势。老太微笑着,目光随着那手背移动,深陷的黑眼眶里闪动着光芒。

我背过身去,怕我夺眶而出的泪水浸湿美丽的憧憬。我们都知道,老太已生命垂危,不可能好转了。

老太终于安详地睡着了。老头儿给她拽了拽被子,拨开她掉在脸上的头发,长长地叹了口气:"她趁我不在就偷偷地哭,见我回来,又抹干眼泪,对我笑。因为她知道,我只要一见到她在哭,便也会哭出来的。所以她的这些苦都一个人扛着。"

老头儿说完老泪纵横:"咳,心疼啊……"

(图/豆薇)

一笔一笔，柔肠情深

□钱红莉

有一年的拍卖会上，董桥看见一幅张充和的字，仔细辨认，原来是写给黄裳的。

董既是张的朋友，对黄裳也慕名，恰好手头宽裕，成人之美买下来，诚挚地给黄裳寄了去。多年过去，张充和的这幅字又被黄裳先生卖到了市场上。

至于董桥的反应，我未曾看到下文，那可真是我心本来向明月，岂知明月照沟渠。

这是韩石山与黄裳打笔仗时抖搂出的。黄先生颤颤巍巍出来迎战说：第二次出售张充和的字，概因老妻生病，着急用钱之故。看到这里，我倒想起张充和的一幅著名尺牍：十分冷淡存知己，一曲微茫度此生。

想必张充和也不在乎别人把自己的字卖了两遍。她的字是真好，我最喜欢她的小楷，有个词叫"朱黛犁然"，用来形容她的书法再恰当不过。

张的小楷，有碧绿清新的气质，新妍、鲜润，五月天水田里秧苗一般簇新工整，如逢初夏，恰便有布谷鸟一路唱着飞，那都是世间的气息。

一个人的心要有多静，才能把汉字写得那么好，一撇一捺，均是风骨。

现今，许多名人流行写书法，墨汁未干，便急颠颠拍照张贴出来，从他们的微博一幅幅看过去，实在是一脸的媚态娇憨，说到底，没有一点静气，急迫功利心，注定让他们走不到高远境地。无论写作还是书法，倘与身处的时代保持一定的距离，听从内心的召唤，才会走得远点。

都说张充和的昆曲唱得好，我无缘聆听，倒在电视上领略过一回她二姐张允和的唱腔。老太太当年八十多岁了，一根乌黑的长辫子绕着额际盘一圈，往镜头前一站，未开腔，便有一股静气。

这种静气，总有一种光芒追随，格物，雅致，是腹有诗书的殷实矜贵。打那个时代过来的人，哪一个不如此？你看杨绛，始终笑眯眯的，有一年，别人张罗着给她的文集开研讨会，她推托：我本来就是一滴水，为什么要吹成一串肥皂泡呢？

还有孙犁，他曾给一个想开作品研讨会的同行写信：与其开劳什子作品研讨会，不如抽时间回乡下老家一趟……

扯远了，继续说张充和的字。她在美国一直教授戏曲和书法，后来把两者结合起来，写了一部小楷工尺谱《牡丹亭》。谱是古谱，以我的浅薄资历，肯定不懂，但我把唱词逐一看下来，简直山风海涛啊，有一种美，生来让旁人眩晕惊叹——一个人心里存有多少热烈恣意，才会一笔一笔把那些唱词繁星般落实在尺谱上？这个老太太是在汉字里成全了自己，上帝端坐天庭，她过着梦幻一样的人间日子，遍布静气。

《牡丹亭》里的青春新鲜热烈，瀑布一样飞泻千里万里，惹得一个人纵然老到一把骨头了，却依然深爱。

千帆过尽，消息浮沉，一笔一笔，都是柔肠情深。

（图/罗再武）

贴在崖壁上的"生活费"

□ 徐立新

周末，在县城读书的他，提前一周回到山里的老家，由于买了一双好几百块钱的名牌运动鞋，他把这个月的生活费超前花光了，只得回来重新朝家里要。得知他回来要钱，母亲欲言又止，脸上露出不满的神色。"明天我就上山采岩耳，"与母亲不同，父亲并未不高兴，反而兴奋地对他说，"城里一家饭店昨天朝我要6斤岩耳，给的价格比平时高！"

父亲是一名"耳客"，农闲时，专门在悬崖绝壁上采摘一种地衣植物——"岩耳"。岩耳含高蛋白质和对身体有益的多种微量元素，是一种营养价值极高的山珍。

之前，父亲并不是耳客，他曾在一个工地上干活，可由于长期沾凉水，以及恶劣的饮食，最终患上了严重的胃病，再也不能干重活，只好回到家里，开始一边务农，一边采岩耳和卖岩耳。

由于平时要在县城里上学，节假日还都上补习班，因此他从未有机会得见父亲是如何采岩耳的，只是听母亲说过，采岩耳很危险。

第二天，他决定陪同父亲一起上山。爬上山顶后，父亲将拇指粗的尼龙绳系在身上，扣上自制的保险锁，再将绳子的另一端拴在一棵树上。做完这些后，父亲开始拉着绳子，在险崖绝壁上一点点地下降，一边来回移动，一边采岩耳，他的脚下便是万丈深渊。

父亲在崖壁上的每一秒，都让他提心吊胆不已，他几乎不敢去看父亲，生怕父亲出意外……

好在，几小时后，父亲平安回到地面上，"只采到了半斤多。"父亲叹了口气道，"大的岩耳越来越少了，3年长一个疤，5年铜钱儿大，30年才长巴掌大，老耳客们说的一点都不假。"

下午，父亲决定带他去另一个崖壁上采，"那上面有很多岩耳，几年前，我就蓄着一直没采，现在应该都长大了。"

这次的岩壁比上午的更高耸，更陡峭，父亲在上面忙碌了很久，但也只采回了一斤多。他不解地问父亲："您不是说上面有很多吗？为何不全采下来，趁着高价，多卖些钱？"

"是有不少，但很多都很小，"父亲回应道，"还得继续蓄着，我们不能因价高就不顾后果地去采，否则山上的生态就会遭到破坏。"

晚上，辛苦了一天的父亲很快便睡着了。他开始问母亲父亲采岩耳都遇到过什么险情。母亲告诉他，有一次，拴住父亲的尼龙绳缠到远处一块凸起的岩石上，任凭父亲怎么移动、回荡，绳子就是动不了，致使父亲被悬挂在岩壁上达两小时，最后才一点一点地被解开。等父亲着地后，才发现绳子已经被磨断三分之二，差点就完全断掉，那样自己就会葬身峡谷之中。

第二天，父亲将岩耳送到县城里去，顺带用摩托车捎上了他。2斤岩耳，饭店老板给了父亲600元，父亲留下了50元，剩下的全给了他。

"你先用着，没了就回来跟爸要。"说完，父亲便骑上摩托车走了。看着父亲远去的背影，回想起母亲昨晚跟他说的那些事情，他感到特别沉重。

这些贴在万丈崖壁上的"生活费"，他再也不能轻易就花掉。

（图/熊LALA）

半碗蛋炒饭

□毛芦芦

是自进入五年级开始的吧,我觉得父亲不再爱我了。他是那么宠着读一年级的妹妹,上桌吃饭,总给她夹好菜;出门干活,常将她驮在独轮车上。只要妹妹咯咯儿地笑,父亲也就嘿嘿笑了。而对我,却沉着一张脸,整日一副天阴欲雨的样子。

我问妈妈、爷爷、奶奶,问他们爸爸为什么不喜欢我了,他们都说:"你爸怎么会不喜欢你呢?你别瞎想!"

大人们都不能理解我的感受,我也不能理解大人们的解释。放了学,我就尽量躲到外面,跟野丫头、野小子们打打闹闹,不到天黑不回窝。这一天,我回家时父亲已吃过晚饭。他正坐在灯下洗脚,看见我缩头缩脑地在门口探了一下,就朝我猛喝了一声:"还晓得回来?这么大的人,也不晓得带带妹妹!"

又是妹妹!我一扭头,小小的身影撕开夜幕,重新消失在黑暗之中。妈妈要追出来,只听父亲也对她大喝了一声:"你让她逃,看她能逃往哪里!"泪水随着我的脚步,噼噼啪啪,从村头敲到村尾,我钻进外婆的灶屋,在那儿纵情哭了大半夜……

秋收最忙时,父亲一天到晚扑在田里,连回家吃饭的时间也舍不得腾出来。几乎每一次,他都点名叫妹妹去给他送饭。

可这一天,妹妹的脚被碎碗片子割伤,走不了路。奶奶就将一个蒲包递到我手上,里边一正一反扣着两个碗,也不知碗里到底装着什么好吃的。

我一路小跑,到了地头,见父亲累得汗湿了衣裤,便殷勤地将饭递到父亲手中,希望他看到我的乖巧,心情能好些。父亲却瞟了我一眼,说:"怎么是你,小妹呢?"

只这一句话,就呛出了我的泪水。我一转身,要走,可父亲这时揭开了盖着的那只碗,一股巨大的香气顿时将我的脖子使劲往后拧去——我看到了一碗黄澄澄的蛋炒饭。饭黄,蛋更黄,里边还拌着红艳艳的辣椒、青翠翠的蒜苗、黑油油的霉干菜。看得我头昏脑涨,喉头不争气地上下滚动了好几下。

"走吧!走吧!走吧!"我一连给自己下了三声命令,这才带着一肚子委屈,走出了那碗蛋炒饭的诱惑。

"又想逃,不将碗筷带回去吗?"没走几步,父亲就将我喝住了。喝声未落,他的一只泥手就托着一个碗和一双筷伸到了我面前——碗里,有半碗蛋炒饭,正闪着金黄金黄的光泽。

见我木呆呆的,犹如一只傻鹅,父亲随手从田坎边采了根小柴棒,折成两截,放衣襟底擦了擦,然后把那双自制的"筷子"插进他碗中剩下的半碗蛋炒饭里,说了声:"吃!"就埋头吃起饭来。几下,半碗蛋炒饭中的一半,已进了父亲的肚子,他见我还愣着,又喝了声:"怎么不吃啊,你?"

"只有半碗,你吃得饱吗?"我怯怯地问。

"刚才我已吃过两个生番薯了。"父亲望着我,好一会儿,叹息了一声,说,"你呀,就是不如你妹妹乖!"父亲的话,依然辣得呛人。可那天中午,当我背着父亲一小口一小口扒拉着他省给我吃的那半碗蛋炒饭时,我却慢慢品尝出了父爱的真味……

(图/孙小片)

抛弃一切无益之事

□宋石男

十一我回了趟故乡，拖着痛风首次发作的躯体。早前我约了史氏父子与我老爸在十月三日下午打一场麻将，不能爽约。因为病痛，我在故乡只待了三天。其间还是喝了一场白酒，与我的表哥小闯等亲人聚会。他曾是乐山港风云一时的人物，小时候对我很好，阔别多年，不能不喝一杯。

回成都前，我与发小奶娃、刘军、黄翔聚了一下，在五通桥吃麻辣烫。小店生意很好，开始我们人没到齐，迟迟未动筷子，老板怒目而视，大概是认为我们占着茅坑不拉屎。原本我们打算吃完就回成都，可是忽然下起小雨，天色也晚了，我决定在刘军家住一夜，第二天再走。

从前在刘军家住，我们兄弟俩总要喝点酒，聊到半夜两三点。这晚我喝的白开水，他喝的淡茶，只聊到十一点多。该克制了，我们共鸣着说，心还残存着少年意气，躯壳已经逾越中年，不克制会很麻烦。

离开五通的早上，刘军说，吃碗面再走吧。我说好。五通桥的人早上不吃碗面，就像所罗门王放弃他的宝藏。我们先去加油站对面一家，关门，又去桥中对面一家，还是关门。五通桥开面馆的，尤其生意好的，但凡大假，往往关门不做，要去享受生活。我对此有点不满，但又完全理解。好在刘军是五通桥的人肉面馆地图，他说，那就去桥沟儿，那家九大碗应该开着。

九大碗在桥沟儿开了三四十年，杂酱面是一绝。我们吃了三碗杂酱一碗干臊一碗抄手，心满意足，像终于涌出地面的喷泉。要离开时，刘军忽然说："你着不着急走？"我说："不急。"他手指旁边一条小街，说："那我们去河边走走。"

小街叫十字街，有不少老建筑，新旧混搭。譬如一幢小楼，二楼是民国雕花栏杆，一楼是卷帘门。还有东风厂留下的老厂房，绿树与青草兀自茂盛，还没被秋天打倒，锈迹斑斑的钢铁与苔痕斑驳的墙壁，在时光的侵蚀中顽强挺立。

刘军讲了个十里坡剑神的故事。是《仙剑奇侠传》的传奇故事。有个哥们儿在第一关十里坡找不到出口，就在那打蜜蜂打了大半年，练到71级的剑神，后来偶然发现有船可以出去，一出去就所向披靡。

这个故事很迷人，在十字街听就更迷人。我想我们从小镇走出的人，中间必定也有十里坡剑神吧！只是真实人生没有游戏那么浪漫，不论什么剑神，人生一旦通关，也就进入永恒长眠。

十字街有几百米，狭长笔直，到了尽头豁然开朗，竟是一个敞阔码头。对面是青山，红色岩石上树木密布，深邃沉静生机勃发。江水浩荡，以青山不可遮挡的力量东流而去。

我们在码头上四处漫步，看了一会儿风景，美，真的很美，让人忍不住想如浮士德一样喊："太美了，请停一停。"

在码头上，看青山江水，与天地往来，我痛风的腿似乎也好了不少。过去那么多年，我无节制地吃喝，一晌贪欢，好似泥像般麻木不仁。我玩世不恭，乐此不疲，岁月在放纵中消失踪影。如今上苍发出警示，我应该感谢并请它原谅我犯下的过错。我将要抛弃一切无益之事，涤净我心灵的污浊灰尘。

（图/孙小片）

我在教丁香树开花

□刘继荣

第一次遇见那少年，是初冬。午后的阳光暖得像春天，小小的蛋糕店里，溢满了糕点刚出炉的香，仿佛每个人都幸福。

店旁有所小学，放学后，煞是热闹。此时，顾客不多，店主夫妇悠闲地聊着天。谈到门前那棵不开花的丁香树，一个打算挖掉重栽，一个说再等等看。老奶奶的语气里带了气恼："我六十岁了，又不是六岁，等不了那么久！"老爷爷笑："明天起我就教它开花，保证到春天就学会了。"

我不禁莞尔，拎着盛糕点的纸袋，准备离开。身后忽然有人叫道："阿姨偷走我们的点心啦！"我大惊，转头，那位个子高高面庞稚气的男孩，正是冲我喊叫的。有位中年人边向我点头致歉，边揽住男孩的肩，努力安抚道："你看，我们的点心在这里呀！"他打开手中纸袋，里面的点心与我的一模一样。少年恍然大悟："原来，是我们偷了阿姨的呀！"大家都笑了，连正在生气的老奶奶也笑得眼睛弯弯。

那位父亲温和地解释了很久，加上我的说明，男孩才弄明白大家都不是小偷。他用双手蒙住脸，向我道歉，那模样似乎只有三岁。

父亲平静地告诉我，儿子十九岁了。他一直都在努力学习说话、购物、坐公交车等技能，希望再有十九年的努力，他能变成一个像大家一样的普通人：工作或失业，恋爱或失恋，结婚或独身。

父亲头发斑白，语气平和。这十九年来，他们一定有一段漫长的故事。可我什么也没问，只是目送这对父子远去，那棵丁香树，默默与我站在一起。我想：老爷爷将会怎样教它开花呢？

天越来越冷，丁香树只余纤纤弱枝。我常常在蛋糕店遇见这对父子，我发现，儿子没有安全感，只要离开父亲几步，就会惊慌失措，语无伦次。爸爸让他买东西，老夫妇每次都会鼓励他，他成功后，父亲会向老夫妇以及后面耐心等待的客人再三道谢。

一个春天的周末，男孩居然独自来到蛋糕店，我不禁一喜，见他忐忑，又隐隐担忧。今天顾客特别多，有个小女生过生日，丁香树下的两张桌子被拼到一起，坐满了笑语盈盈的小伙伴。店主一个人忙，他说老妻在楼上，怎么叫都不肯下来，又在为丁香树不开花的事不高兴了，为了给她个惊喜，已经找人来挖树了。男孩神色越发紧张，嘴唇哆嗦着，欲言又止，只是摇头。

忽然，男孩的目光充满惊喜，他的父亲出现了，也许，他一直都在附近。像魔咒被解除，男孩开口，一个字一个字地说："我在教丁香树开花，不要挖掉丁香树。"

老奶奶匆匆下来了，她气喘吁吁地向男孩保证：永远不会挖掉这棵丁香树，会一直等着它开花。掌声、欢呼声，让我的鼻子隐隐发酸。在这座小城里，我们陌生又熟悉，有时相遇，有时忘记，有时彼此守护，彼此学习。

所以，寒冰会学着开出甜花，成为冰激凌；黑夜会学着融化，凝成巧克力。而我们，相互学着开放，学着摇曳，学着在经历过最深的恐惧绝望以及厌倦之后，仍会或羞怯，或放肆地释放出心里最明净的温柔。

（图/叶姗姗）

听 蟹

□徐 林

"听蟹"是我们苏北老家一种有趣又有几分神秘的捕蟹方法。

每年到了"西风起芦花飞"的季节，螃蟹只只长得肥壮个大，蟹脚都硬扎扎的，"菊花黄蟹脚痒"，到了夜里，蟹会悄悄爬上岸来，躲在河畔岸边草丛里，吱溜吱溜吐着泡沫。我们趁这个时候，循着吱吱声，上前逮个正着。

我从小喜欢"听蟹"，在小伙伴里是有名气的。退休后，我还是忘不了，几乎每年都要回乡到侄儿家小住几天，过把听蟹瘾。近几年来，家乡治污越来越好，大河小沟河水清清，鱼虾蹦跳，芦苇荡里，螃蟹在塘里穿梭爬行，有时洗菜，还会钻进你的菜篮子里。所以，每年一到西风起，我就回老家去。

侄儿从小在乡下，捕鱼捉蟹样样精。眼下大水缸里早放了半缸泥，白天到镇上打工，晚上就去听蟹，听来的蟹，养在这缸里。缸里蟹多了，除了送亲戚朋友，就上市场卖。这笔收入也真不少呢。

晚饭后，侄儿让我背上鱼篓，就出发了。月亮刚刚爬上树梢，天上稀疏的星星闪闪烁烁，我们脚步很轻，身边只有微风吹过芦苇的沙沙声，以及河里偶尔鱼虾跃出水面的一丁点声响。拐了几个弯，我们走进了村北芦苇荡的小径，侄儿拉拉我的衣角，咬咬耳朵："这里是螃蟹最多的地方！"要我脚步再放轻点。话音刚落，他伸手挡住我，叫我不要动，这时随着一股风，飘过来一阵吱溜吱溜的声音。这是螃蟹吐泡的声音呀，我紧张得心怦怦乱跳。声音轻如游丝，忽隐忽现，方位也飘忽不定，我前倾着身子，正想听个真切，只见侄儿突然亮起手电，一个箭步，就在芦苇丛边上，扑住了螃蟹。这只蟹很大，在侄儿手里两只大螯舞动着，但还没来得及挣扎，就已经进了鱼篓子。

我们兜了一圈，侄儿又抓到两三只。我的心早已痒痒的，也想试试身手。到了一个路口，就提出两个人分头听吧。月亮升高了，还有一片厚厚的云，大地暗了下来，更适合听蟹了。我轻轻迈着步，走到芦苇荡的转角处，耳朵里飘进一阵吱吱声，我立即收住脚步，搜寻发出声音的地方。定神屏气，仔细听了一阵，哈，终于听清了，吱吱声是从水沟处传来的。我蹑手蹑脚地靠上去，亮起手电，一只大蟹正吐着泡沫。我扑上去，这家伙却使了个伎俩，我抓住它一条脚，它"英雄断臂"，丢下脚就连滚带爬溜进荡沟里去了。到手的蟹逃掉了，我懊恼了一夜。

第二天夜晚，我俩又出发了。出门前，侄儿嘴里呼哨一声，一只小狗蹿了出来，说让我带着做伴。想不到这只全身乌黑的小狗帮了我的大忙。我因为年纪大，耳朵有点背，蟹吐泡沫的吱吱声，一不留神就会从耳畔溜掉。小东西十分精灵，走在我的前面，一听到声音就会停下脚步，等我前去。就这样，我一连抓到了好几只。

后来我也不用细心听，跟着小黑走就是了，只要它停下来，肯定有蟹。我也吸取昨晚的教训，左手手电一亮，右手就迅捷扑去，十拿九稳，只只进了鱼篓子。回到家与侄儿一对，嘿，不比他少！

(图/木木)

没钱有情致

□于 丹

我很庆幸在很小的时候就见过许多没钱的欢喜和典雅。

我十二三岁的时候，父亲去合肥工作。夏天放暑假，我和母亲去看望父亲。

我们住的宿舍外面有一个四四方方的水泥阳台，上面没有任何装饰，中间放着一张小方桌，四周摆着几把大藤椅。父亲和他的朋友们，穿着老头衫，摇着大蒲扇，靠在藤椅里，表面看起来寻常极了，但他们毕竟是文人，自有属于他们的雅致。

他们几个人经常拿一幅白扇面，第一个人吟一首诗，第二个人提笔把诗题在扇面上，第三个人在扇子的背面挥毫作画，而另外一个人则在一边静静地刻章。就这样，他们合作做了一把又一把扇子。等他们各奔东西时，每个人手里都拿着几个人合作的扇子。

直到现在，我都特别怀念那个阳台。那个地方的情趣，中国文人的气息，一直都让我怀念。

上海的张叔叔有三个儿子，没有女儿，特别喜欢我。张叔叔的字写得很漂亮，他写了一首五律诗送给父亲，结尾两句是"羡君真敌国，家富一千金"。在张叔叔看来，家里有个女儿，可谓富可敌国。

如今，一晃三十多年过去了。一路走来，我其实是在很多人的关爱、嘱托、提携、濡染下长大的。从这个意义上讲，我很富有，从小就有很多特别奢侈的爱陪伴着长大。我有过没钱的时候，但没有觉得穷过。所以，没钱不可怕，可怕的是精神上的贫穷。只要心怀对生活的热爱和对梦想的追求，日子依然可以饶有情趣。

父亲和我都非常喜欢《浮生六记》。《浮生六记》中的沈三白和陈芸夫妇，最初锦衣玉食，后来因为家道中落，他们流离失所，日子非常窘迫。过好日子的时候，他们有赌书泼茶的乐趣，也有游山玩水的好时光；过穷日子的时候，他们依然有那份闲情逸致。没有了雕梁画栋，芸娘就自己编席子，在席子上画出雕梁画栋。

潦倒的时候，沈三白和芸娘只能喝极其劣质的茶叶，很难入口，芸娘每天把劣质茶叶用纱布包好，在太阳落山之后，找到将开未开的莲花，扒开莲心，把纱布包放进去，用线把花瓣扎紧。第二天早晨日出之前，芸娘解开线，把纱布包拿出来，太阳落山之后，再把纱布包放进去。如此反复三天。在月光的浸染下，在露水的滋润下，在莲心的酝酿下，茶叶的口味变得清凉，带着莲花淡淡的甜香。这件事情需要成本吗？需要的只是用心而已。只要用心，劣质的茶叶依然能够喝出神仙一样清雅的荷香。正因如此，芸娘才会被林语堂称为中国历史上最可爱的女人。

在《浮生六记》中，我看到了一个女子的情趣和智慧，还有一种贫困无法剥夺的骄傲。一个女人的优雅，有时候不一定和富贵有关，也不一定和知书达理有关，而是源自骨子里的情趣和涵养。

对生活和家人的爱，让芸娘能够在恶劣的条件下创造出典雅的美。这种态度，这份精致，是一种没钱的欢喜。当一个人把所有的情趣都带在身上的时候，贫困也不能剥夺他的快乐。

（图/兜子）

站在后台看人生

□朱光潜

我有两种看待人生的方法。在第一种方法中,我把自己摆在前台,和世界上的一切人和物在一块玩把戏;在第二种方法中,我把自己摆在后台,袖手看旁人在那儿装腔作势。

站在前台时,我把自己看得和旁人一样,不但和旁人一样,和鸟兽虫鱼诸物也都一样。人类中有一部分人比其余的人苦痛,就是因为这部分人把自己比其余的人看得重要。

比方穿衣吃饭是多么简单的事,然而在这个世界上居然成为一个极重要的问题,就因为有一部分人要亏人自肥。再比方生死,这又是多么简单的事,无量数人和无量数物都已生过来死过去了。

一只小虫让车轮轧死了,或者一朵鲜花让狂风吹落了,在虫和花自己都绝不值得计较或留恋,而在人类则生老病死以后偏要加上一个"苦"字。这无非是因为人们希望造物主待他们比草木虫鱼优厚。

因为如此着想,我把自己看作草木虫鱼的己辈,草木虫鱼在和风甘露中是那样活着,在炎暑寒冬中也还是那样活着。像庄子所说,它们"诱然皆生,而不知其所以生;同焉皆得,而不知其所以得"。它们时而庆天跃渊,欣欣向荣,时而含葩敛翅,晏然蛰处,都顺着自然所赋予的那一副本性。

从草木虫鱼的生活,我觉出一个经验。我不在生活以外求生活方法,不在生活以外别求生活目的。世间少我一个,多我一个,或者我时而幸运,时而受灾祸侵逼,我以为这都无伤天地之和。

你如果问我,人们应该如何生活才好呢?我说,就顺着自然所给的本性生活着,像草木虫鱼一样。

你如果问我,人们生活在这幻变无常的世相中究竟为着什么呢?我说,生活就是为着生活,别无其他目的。你如果向我埋怨天公说,人生是多么苦恼呵!我说,人们并非生在这个世界来享幸福的,所以那并不算奇怪。

我拿人比禽兽,有人也许视为异端邪说。其实我如果要援引"经典",称道孔孟以辩护我的见解,也并不是难事。孔子所谓"知命",孟子所谓"尽性",庄子所谓"齐物",宋儒所谓"廓然大公,物来顺应",和希腊廊下派哲学,我都可以引申成一篇经义文,做我的护身符。

以上是我站在前台对于人生的态度。但是我平时很欢喜站在后台看人生。许多人把人生看作只有善恶之别,所以他们的态度不是留恋,就是厌恶。是非善恶对我都无意义,我只觉得对着这些纷纭扰攘的人和物,好比看图画,好比看小说,件件都很有趣味。

人生的悲剧尤其能使我惊心动魄;许多人因为人生多悲剧而悲观厌世,我却以为人生有价值正因其有悲剧。悲剧也就是人生的一种缺陷。它好比洪涛巨浪,令人在平凡中见出庄严,在黑暗中见出光彩。

人生本来要有悲剧才能算人生,你偏想把它一笔勾销,不说你勾销不去,就是勾销去了,人生反更索然寡趣。所以我无论站在前台或站在后台时,对于失败,对于罪孽,对于殃咎,都是一副冷眼看待,都是用一个热心惊赞。

(图/李酉酉)

选择痛苦

□林小夕

那一年,全国残疾人运动会在滨城召开。午休时,我和同事一边吃饭,一边谈论有关残疾人的话题。

"在所有的残疾中,我觉得失明最痛苦。"同事说道。

我略微思索了一下,颔首赞同:"的确,别的残疾可以借助医学器具来替代,多少可减轻一点残疾的痛苦。可是盲人不能,没有什么可以代替眼睛。"

"在先天盲和后天盲中,我认为后天盲更痛苦。"同事又说。

"不对,我认为先天盲更痛苦。他们从生下来就看不见,不知道天空和大海的颜色,而后天盲的人却曾见过。"我反驳说。

"正因为他们曾见过,得而复失,所以才更痛苦。"

我俩各持己见,谁也说服不了谁,所以只好作罢,各自保留意见。时间长了,也就渐渐淡忘了。

前不久,我写小说把身体弄出了毛病,朋友介绍我去一家诊所按摩。诊所是一对盲人兄弟开的,他们不仅医术高明,性格也很开朗。每次去都有说有笑,除了眼睛看不见,其他和正常人没什么两样。很快,我们就熟了,我知道了他们的身世。很奇怪,兄弟俩的父母、祖父母中没有盲人,可是哥哥刚生下来时眼睛略有光感,到一岁时就完全失明了。弟弟在17岁时患青光眼视力减退,先后做了三次手术,最后还是失明了。兄弟俩的身世一下就让我想到多年前和同事争论的那个话题。

我犹豫了很久,最后,还是问了他们。

还好,兄弟俩并不生气,他们笑着告诉我还是后天盲更痛苦。在他们认识的所有后天盲的人中,大部分都曾经有过自杀的念头,可是先天盲的人中少有。他们生下来就看不见,以后也看不见,已经习惯了,认为生活就是这个样子,并不怎么痛苦。可是后天盲的人就不一样,特别是刚刚失明的时候,像突然间掉进无底的深渊,特别恐惧、绝望。

我这才知道,原来是我错了。

沉默了一会儿,我又说:"假如——我是说假如,在先天盲和后天盲中选择一样,你们一定会选择先天盲吧?"

没等哥哥作声,弟弟抢先开口道:"不!如果一定要在先天盲和后天盲中选择一样,那我宁愿像现在这样——后天盲。"

"为什么?"我疑惑不解。既然后天盲更痛苦,为什么不选择痛苦少一点的方式呢?

"因为,我虽然现在是盲人,但曾经看见过,所以依然能看见——"

"依然能看见?"我更加不解。

"是的。在梦里,我看见天空、大海,它们是那么蓝,像钻石一样。为了这个,我宁愿承受那些痛苦。"

我感觉自己的眼中一阵湿热,不是同情,是感动。

的确,没有人喜欢痛苦。但是,如果快乐需要用等量的痛苦做代价,那么,我也愿意像这位盲人兄弟一样,选择痛苦。

(图/孙小片)

树龄与人龄

□刘琪瑞

少时,我爱钻牛角尖,凡事喜欢刨根问底,大人倒是不怎么怪我,他们能解释的就解释一番,自己也搞不懂、弄不明白的,也不糊弄,任由我胡思乱想。

有一年,跟着父亲去砍树,一个问题从我脑瓜子里冒出来:"爸,我们怎样知道这些大树的年龄?"父亲不假思索,指着近旁两个不规则的树墩说:"看年轮呀,每棵树都有年轮,你看,从树芯到边缘,一圈圈向外长,从里到外一圈就是一年,数数多少圈就知道它的年龄了……"

"这个我知道,老师教过的。"我又开始"钻牛角尖"了,"可是,为什么非要把树砍倒才能知道它的年龄呢?不破坏它不行吗?比如这棵树多大了,能知道吗?"

父亲没有被难倒,他抬头看了看我指的那棵大杨树,说:"不砍树也能大概判断出树龄,最简单的是看树杈。这棵杨树,从下往上数,分了八次杈,应该有八年树龄了,树木一般每长一年分一次杈……"

我的问题又来了,"那我们人类从小长到大,为什么不'分杈'呢?"

父亲好像被难住了,摸了摸头,慢慢说:"树木分杈,是为了多吸收阳光和水分,多发枝叶,更好地进行光合作用。我们人呀,也要不断获取能量,所以小孩吃饭没有大人多,越长大饭量越大……"

我对这个解释不满意,嘀咕道:"像爷爷、奶奶,年岁大了,怎么饭量反而小了?"

父亲没有理会我的嘀咕,接着说:"判断树的年龄,还有一个方法,那就是看它受到过多少次伤害,留下多少疤痕。树木的疤痕越多,树龄就越长。有的大树,还长有疙疙瘩瘩的树瘤,这说明它们的年龄少则数十年,多的已有上百年了。"

我对这种说法颇感兴趣,一遍遍摩挲几棵大树的疤痕,仿佛轻抚着它们饱经风霜的伤口。转而我又想到了人,那我们受的伤越多,就越能长大?人长大都要受很多次伤吗?

父亲对我的疑问倒是乐意作答,他若有所思道:"这点人和树倒是有相似之处,人每受一次伤,就长大一次,所以老话才说,吃一堑,长一智,不经一事,不长一智。受的伤、吃的苦、经的事多了,也就成熟了。只不过,我们的那些伤痛、那些伤痕,往往看不见,都装在自己心里呢……"

父亲的这番话我当时听来,似懂非懂,而今他老人家离开我们八年多了,我也已过知天命之年,才真正明白其中的奥妙。

树木的年轮往往在树芯,它们的累累伤痕以至凝结而成的斑斑树瘤,却在树身上;人啊,恰恰相反,身体的年龄显露在外,大致算得出来,可心理年龄掩藏得很深,那一个个或深或浅的疤痕,都在内心郁结着呢。

(图/小粒团)

当重新出门看见天空

□叶倾城

他在内分泌科确认1型糖尿病的那天,是他一生中最孤独的一天,虽然他只有十六岁。

他问我:"老师,打针打一辈子,这是人过的日子吗?"

我忽然想到一件陈年旧事。十八年前,我的父亲患上肝癌。那年他没有住院,回家来住,每天去医院打针——我经常陪父亲一道穿过医院林木葱茏的院子,想:就这样打一辈子针,也是可以的呀。

怎么可能?我父亲在查出肝癌之后,只活了四个月。能打一辈子针,是一种幸福。

我这么想,就坦然说了。我说:"现在1型糖尿病还是很常见的,我有好几个朋友的小孩都得了这个病,最小的才四岁。四岁起,就要忌口,每天打一针。小朋友自然会哭闹,直到她渐渐习惯。小朋友的妈妈哭了又哭,然后继续用钢铁一般的纪律要求孩子。每一次的心软,都意味着之后会有麻烦:低血糖可能导致昏倒直至死亡,高血糖有可能让人脱水,更不用说那层层加码的并发症。"而纪律的最高境界是自律。你要活下去,你就必须戒除相当多的口腹之欲。

我才说到这里,他就失声道:"我不会跟同学讲这件事的。"

我说:"那你就会承受另一种寂寞。朋友对你好,你觉得歉疚,不能百分百诚实。你拒绝朋友请吃饭,更觉得歉疚,不能面对他们失望的脸……"

他点头:"是的,现在就是这样了。我不想失去朋友。"

我说:"未必只能交酒肉朋友,可以更多地寻找精神上的朋友、一起运动的朋友。"

他突然向我吐露真言:"他们说,得了糖尿病,长大后就交不到女朋友了。"

我说:"小孩四岁就得糖尿病的那位朋友,就是嫁了一个有糖尿病的丈夫,她在婚前就知道。"

他跳起来:"还会遗传,那我不要。"

我说:"要对现代医学有信心,也许当你长大,它已经像痢疾一样被克服了。"

有一本书,我一直记得,是我小时候看到的。那时候,小儿麻痹症还是一种不能预防的疾病,一个女孩子不幸传染上,她活了下来,但全身瘫痪,只能眨眼皮。她一直躺在一个铁盒子里,让机器按压她已经麻痹的胸肌使她呼吸。书写就的时候,她才中年,已经躺了三十年。求生不得,求死不能,连自杀亦不可得。

在书中她反复自问:这样的一生,值得吗?

我有个习惯,关注过的事儿,会一直关注。渐渐有互联网了,隔五年八年我就搜一下她的名字。我发现,随着科学进步,新式呼吸机发明了,是便携式的,她能坐起来了,可以推轮椅出去散步;人工智能应用于医学,她靠眨眼皮拼字母,组成一句完整的话,能与人沟通了;科学家在她身上试机器手臂,假以时日,她就能像其他高位截瘫人士一样控制一部分身体……

我想:她的疑惑得到了解答——是很值的,虽然有很多痛苦,但她以一己之身,为科学提供了观察与实践的可能性,她见证了科学的发展。

当她第一次重新出门看见天空的时候,哭了吗?

(图/吴敏)

什么是真正的交情

□ 钱钟书

我常感到，自《广绝交论》以下，关于交谊的诗文，都不免对朋友希望太奢，批评太刻，只说做朋友的人的气量小，全不理会我们自己人穷眼孔小，只认得钱类的东西，不认借未必有、有何必肯的朋友。古尔斯密的东方故事《阿三痛史》，颇少人知，1877年出版的单行本，有一篇序文，中间说，想创立一种友谊测量表，以朋友肯借给他的钱多少，定友谊的高下。

这种沾光揩油的交谊观，甚至雅人如张船山，也未能免除，所以他要怨什么"事能容俗犹嫌傲，交为通财渐不亲"。《广绝交论》只代我们骂了我们的势利朋友，我们还需要一篇《反绝交论》，代朋友来骂他们的势利朋友，就是我们自己。《水浒》里写宋江刺配江州，戴宗向他讨人情银子，宋江道："人情，人情，在人情愿！"真正至理名言。

从物质的周济说到精神的补助，我们便想到孔子所谓直谅多闻的益友。这个漂白的功利主义，无非说，对于我们品性和智识有利益的人，不可不与结交。我的偏见，以为此等交情，也不甚巩固。

见闻多，已诵广的人，也许可充顾问，未必配做朋友，除非学问以外，他另有引人的魔力。德白落斯批评伏尔泰道："别人敬爱他，无非为他作的诗好。确乎他的诗作得不坏，不过，我们只该爱他的诗。"——言外之意，当然是，我们不必爱他的人。我去年听见一句话，更为痛快。一位男朋友怂恿我为他跟一位女朋友撮合，生平未做媒人，好奇地想尝试一次。见到那位女朋友，声明来意，第一项先说那位男朋友学问顶好，正待数说第二项、第三项，那位姑娘轻冷地笑道："假使学问好便该嫁他，大学文科老教授里有的是鳏夫。"这两个例子，对于多闻的"益友"，也可应用。

朋友的益处，不能这样拈斤播两地讲。真正友谊的形成，并非因为双方有意的拉拢，而是带些偶然，带些不知不觉。真正友谊的产物，只是一种渗透了你的身心的愉快。没有这种愉快，随你如何直谅多闻，也不会有友谊。

接触你真正的朋友，感觉到这种愉快，你内心的鄙吝残忍自然会消失，无须说教似的劝导。百读不厌的黄山谷《茶词》说得最妙："恰如灯下故人，万里归来对影；口不能言，心下快活自省。"

在我一知半解的几国语言里，没有比中国古语所谓"素交"更能表出友谊的骨髓。一个"素"字把纯洁真朴的交情的本体，形容尽致。素是一切颜色的基础，同时是一切颜色的调和，像白日包含七色。真正的交情看来素淡，自有超越死生的厚谊。蒲伯对鲍林白洛克的称谓，极有斟酌，耐人寻味："哲人、导师、朋友。"我大学时代五位最敬爱的老师，都像蒲伯所说，以哲人导师而更做朋友。这五位老师以及其他三四位好友全对我有说不尽的恩德。不过，我跟他们的友谊，并非由于说不尽的好处，倒是说不出的要好。素交的素字已经把这个不着色相的情谊体会出来了；"口不能言"的快活也只可采取无字天书的做法去描写。

（图／兜子）

只有卷帘人，依旧

□许冬林

"昨夜雨疏风骤，浓睡不消残酒。试问卷帘人，却道海棠依旧。知否，知否？应是绿肥红瘦。"

这么多年，我一直好奇卷帘人的身份。这个人，身影朦胧，台词清浅。这个人，真是那个懵懂不知春将去的小丫鬟吗？这个人，来唤清照起床，我怎么觉得分明是妈妈？

这个世上，好花易凋，春光易逝，爱与美能恒久不变的，只能是来自妈妈。如果卷帘人是妈妈，这个场景多么熟悉。

少年时，我们春眠不觉晓，到清晨，还赖床不起。妈妈进得卧室来，拉开窗帘，推开窗户。晓风里搀着柔柔的水汽和花木之香，一下卷到脸上，卷进口与鼻里。风微凉，风中有什么走远了的气息。

"妈妈，窗外花都谢了吧？"

"没呢，没呢，海棠还在开。你快起来看，海棠开得还跟昨天一样好。"

"妈妈，你骗我！昨夜下了一夜的雨，刮了一夜的风，花肯定没有了……"

昨夜雨疏风骤，说的是变数。今晨，窗外绿肥红瘦，说的也是变数。而海棠依旧，说的却是不变，是永恒。

大河荡荡，没有一刻不在流逝，没有一物一人一事不是身处巨变的浪涛之中。可是，忽然有一人挺立于急流之上，告诉我们：海棠花开，依旧如昨。

这个人，一定是至爱我们的那个人。这个人，从前可能是妈妈，后来可能是爱人。

多少人爱你青春欢畅的时辰，爱慕你的美丽，假意或真心，
只有一个人爱你那朝圣者的灵魂，
爱你衰老了的脸上痛苦的皱纹
……

每每读叶芝的《当你老了》，总有一种悲欣交集。欣，是因为，在路过的万千人之中，只有一个人，不因时光的篡改而将你遗忘；只有他，始终如一。悲，是因为，这样的恒星，又有几人得遇？大多数的光阴里，我们是在黑夜里赶路，自己给自己点灯。

苏轼写："夜来幽梦忽还乡，小轩窗，正梳妆。相顾无言，唯有泪千行。"

在《江城子·十年生死两茫茫》一词里，我读到了像海棠依旧开一样的永恒情感。纵然阴阳相隔，十年茫茫，风尘满面，鬓发生霜，人世间有多少起伏辗转，可是，穿过这如许之多的变迁，他依然清晰记得她轩窗边弄妆的情景。

人世的情感之苦，多半是因了这变与不变之间的碰撞。可是生活给我们的是个变数。人生分明充满无穷变数，可是偏有人要骗我们说有定数，或者我们苦苦放不下去求一个定数。

就像我妈永远不觉得我胖，就像我都已经四十多岁了，她还一口一声地喊我"小姑娘"。

我想，我若喝点小酒，再问问我妈，那窗外的梨花与海棠，她也一定闭着眼睛说：依旧依旧。在妈妈眼里，只要女儿还在眼前，还长势良好，窗外开没开海棠都不重要，甚至，满树青叶都可以看成花开的海棠。

只要有母亲在，这世间就一定有一树不因风雨和流光而凋落的海棠。

（图/叶姗姗）

会飞的鸭子

□孙雪梅

那是十多年前的事了。那时我参加工作不久，像许多年轻人一样，好高骛远而又踌躇满志。当我开始寻找各种借口为自己的平庸而辩解时，是它改变了我对人生的看法，让我认真去度过属于自己的每一天。它，就是那只鸭子，那只农家饲养的据说叫作"康贝尔"的灰色家鸭。

当时我在一所农村中学任教，学校南面是一条东西走向的公路，旁边还有一个小小的池塘。每天早晨，我习惯沿公路到村里散步，顺便买些早点。

一个星期天的早晨，我起得很晚，池塘里已经游满了大大小小的鸭子，还有几只晚来的，拖着肥胖的身体在公路上摇摇摆摆，夹在稀疏的路人中显得有些滑稽。好笨哪！我大笑。

突然之间，我惊呆了，我听到了更为有力的扑打翅膀的声音，我看到了一只飞行的鸭子。它正迎面向我飞来，扑扑啦啦地发出很大的响声。它飞得很慢，仿佛随时都可能掉下来。但是它一直在飞着，一直飞到学校西面的池塘上空，接着双翅一敛，落了下去。

我从未见过这样拙劣的飞行表演，但我的心受到了最猛烈的撞击。

小小的村落里是藏不住秘密的。傍晚时分，我在同事的指点下走进一个农家小院。一对朴实的夫妇搓着双手迎出门来："哎呀，老师啊，你要买那只鸭子啊？不值俩钱的，拿去好了，买什么呀！"我笑笑："那怎么行？钱是一定要给的。"

喝过两杯浓茶，红脸膛的主人终于告诉我："鸭子进圈了，我去帮你逮。"

"嘀，这么多鸭子啊！"我不禁叫了起来，"都是一样的呀，你能知道是哪只吗？"

"哈哈，"他爽朗地笑起来，"那是最好认的一只鸭子了。不过，你要它做什么？"他好像忽然意识到了什么，停住了脚步。"我给你捉只大的吧，那只是最小的，没有肉，又不会下蛋。"他停了一下，"连条腿都没有。"什么？没有腿？没有腿？没有腿……

原来，这只鸭子在很小的时候，就被老鼠咬掉了双脚，主人以为它必死无疑，就没去理会它。谁知，它不但没死，还慢慢长大了，而且学会了飞行！

我沉默了，震惊了！

鸭子之所以会飞，是因为没有腿；鸭子，没腿，会飞；没腿的鸭子，会飞的鸭子。

在主人的指点下，我看到了那只鸭子。

那是一只普通的灰色家鸭，只是体形略微瘦小。此刻正把扁扁的嘴巴插在羽毛里闭目养神，在主人抓起它的时候，我看到了它的双腿，那只是两截短短的枯枝一样的东西，显然支撑不住它弱小的身体。可是在它的体内，究竟蕴藏了多么大的力量啊！在这一瞬间，我感悟到了人生的真谛。从此，我不再抱怨生活。

至于那只鸭子，我最终没有买下来。因为我意识到：对那只鸭子而言，任何一点改变，都可能会是致命的伤害，因为它已经习惯了它的飞行方向和距离。爱它，就不要去打扰它；爱它，就把它记在心底。所以，我把这只鸭子和它的故事深深埋在了心底。

(图/李西西)

生命的盛宴

□李银河

对某些人来说，生命是一服苦药，只能不情愿地皱着眉头把它吞下去；对另一些人来说，生命是一场盛宴，美酒佳肴，美不胜收。

我愿自己的生命是一场盛宴。

盛宴中有一道菜是美味。它不但能够饱腹，而且能够给人带来普鲁斯特小说中小玛德莱纳点心的美味，给人意外惊喜，回味无穷。

盛宴中有一道菜是肉体快感。世界上无数文学艺术作品对生命特有的这一奇异感受尽情讴歌，不厌其烦。尽管性学对它有枯燥的现象学描述，但是谁也不能将这一感觉精确地描绘出来，因为它是人体一种无可名状的奇异感觉，可意会不可言传。

盛宴中有一道菜是情感。亲情友情爱情——亲情极尽温暖；友情极尽温柔；爱情极尽激烈，汹涌澎湃，势不可当。人终身浸泡在亲情的温水之中，沐浴在友情的阳光之下，被爱情的洪流席卷而去，扫除一切烦恼，在充沛的归属感中不再感到孤独。

盛宴中有一道菜是尊重。由于自己的出类拔萃，自己的大大小小的成功——出了一本好书，画了一幅好画，做出一项发明，圆满完成了一项工作——得到人们的尊重和发自内心的赞赏，心中感觉到欣慰、自豪、圆满。

盛宴中有一道压轴菜是自我实现。自己终于成为想成为的人，做自己喜欢做的事情，无论结果如何，能够享受过程，乐在其中，感觉到自身的美好和圆满。参透了生命，到达随心所欲自由自在的境界。

心理需求五层次的理论由心理学家提出，绝非偶然，因为需求五层次的实现是心理健康的表现，也是心理健康的结果。因此可以说，如果你能够享用生命的盛宴，你就是一个心理健康的人；如果你只能把宝贵的生命当作一服难以下咽的苦药，你就是一个心理有问题的人。我庆幸自己是一个心理健康之人，或者说我用每天的修行将自己变成了一个心理健康之人，因此可以享有快乐的人生，可以享用生命的盛宴。

（图/麦小片）

一人食

□子 沫

能享受独自吃饭的人常常让人侧目,很佩服一个认真用餐的人。

看过最有味的一个独自用餐的镜头是在电影《母亲河》中。独居老太太,清瘦留髻,拎着篮子买菜回来,为自己炸一个海鲜面糊,一碟小炒时蔬,倒一点白葡萄酒,独酌,清简,清欢无限。午后,阳光投射到桌面上的影子,静谧地自由自在。

偶尔家人都不在家,一个人的晚餐。窗台上现摘下来的辣椒,炒好略焖,非常香。一碟蒸鸡蛋,蒸得恰到好处吹弹欲破。一个洗干净的西红柿当水果,小碗白米饭,简单好吃。我对吃要求不高,清爽简单不费力就好。

我觉得年轻人都应该看看《一人食》的纪录片,一个人的"水煮鱼",一个人的"清炖豆腐球",一个人的"成都凉面",它无关吃饭本身,而是一种对生活细节的审美。能够享受孤独对年轻人来说是一种多么好的人生入门课。在《一人食》的纪录片里,我看到了宁远参与的一个小片段,"成都水煮鱼",她背着小小孩儿去买鱼,热油浇到被花椒和辣椒菠菜叶掩埋的薄鱼片上。很简单,却活色生香,热气腾腾。

这个世界,花是花,草是草,你是你,我是我,西红柿有西红柿的味道,活成自己的模样就好。这样的人,常常让我侧目。人生就如一顿简单的一人饭食,你做好自己时,一切并不遥远。

认识一个年轻女孩,一个人在异地城市工作,用积攒的薪水付了首付,买了一套市中心的小公寓,只有30平方米,一房一迷你阳台、一厨一卫,没有任何多余。家里很引人注意的是两只泡菜玻璃罐,自己做的酱萝卜和泡菜,作为佐餐。时间来不及时,煮点白米饭,打个鸡蛋汤,配点泡菜就很可口了。她说,做起来很简单,是多年做饭的人提供的食谱:新鲜白萝卜,切条,腌数小时,清水去盐味,沥干。蚝油、生抽、老抽、陈醋、蒜片、青辣椒或红辣椒,泡制一天,就可吃了。泡菜更简单,新鲜包菜去筋晾干,买回泡椒,用汁泡包菜,加生姜、蒜头,泡制三天,吃时淋麻油就可以了。她说,什么大餐和快餐都赶不上自家的一碗白米饭,一碟清炒黄瓜片,一个番茄鸡蛋汤,当然,还有一碟好泡菜。

我有一位朋友,特别有意思。买来卤鸭,不吃鸭皮和鸭肉,而独独钟情于鸭架,每每鸭肉送人,而独留下一副鸭架,美滋滋地熬汤。你看她这样描述:中午是雪白鲜美的鸭架汤配丹麦包,简直是天作之合;而下午又用鸭架汤熬粥,放入虾米、碎青菜末,稠稠的,很养心养胃,再佐以酱菜,有什么比这更好的夜饭?一副鸭架做上两顿饭,别人总说她抓不住生活重点,可生活的重点是什么?自己觉得好便是最好的。她依然会为了一碗上好口味的米粉不辞劳苦地绕好远的道儿,能够把素豆芽炖出骨头香。她上班、旅行、写书,过得很滋润,别人看得不重要的东西她一个都不省略,做一只醉蟹还要跑到很远的超市去买正宗的红酒……

不管在什么年龄,学会独自好好地用餐,你的生活一定比别人多点什么。

(图/蝈蓸猫)

猎人小牧

□张 鸣

我小的时候，北大荒还是相当荒的。我家待过的一个农场，房前屋后，经常有狼，养的鸡稍不留神，就成了狼的小菜。等我长大之后，狼倒是不常见了，狍子和野兔依旧是漫山遍野的。有猎物的地方，就有猎手。

小牧是我的邻居，上学百无一能，什么都学不会，早早辍学在家，刚满十六岁就补了职工。下班回家，从来不闲着，上山套狍子、野兔，下河抓鱼，从来没落过。

我亲眼看见他在河滩上弄了一个陷阱，鱼还真的就往里面钻。

小牧瘦瘦的，见人脸上总是带着笑，没有话，无论怎么逼他，都逼不出三句整话。我也跟他学打猎，但无论弄鱼还是下套，始终都学不会，不是小牧不想教，而是他不知道怎么教，加上我的手特别拙，直到离开农场，我也没有学成一样本事。

不过，我也有让小牧佩服的地方，那就是我会讲故事。这点儿看家本事，是我当年骗吃骗喝的绝技。连里小伙伴们只要想听故事，就得把家里的花生、瓜子，连带西红柿、黄瓜什么的，贡献出来。小牧则给我鱼和兔子，当年我们家没少吃他的鱼和兔子，偶尔也会捞条狍子腿。

有那么一天，小牧冷不丁住院了。小牧在连里，是个不显山不露水的人，消失了好几天，人们才想起来，这个人怎么不见了？不仅小牧不见了，连他寡居的娘和他的哥哥都好几天不见了。一打听，才知道小牧得了白血病。

虽然我们不知道白血病就是血癌，但也模模糊糊地知道，这个病没法治。

小牧家里穷，那时候也不兴去大城市大医院看病，小牧就在团部医院胡乱治着，眼见得病情一日危似一日。直到这个时候，没心没肺的我，都没想起去看看他。

直到有一天，小牧的妈妈找到我，说是小牧想见见我。小牧的妈妈是长辈，长辈开口，我总不能不听。于是，我跟着一路哭哭啼啼的小牧娘，坐着顺路的连队小型车，来到了团部医院。

小牧住在一个十几个人的大房间里，十几天不见，人已经大变，见我来了，他爬了起来，使劲儿拉住我的手，一个劲儿地哭。

半晌，他说出一句话："你怎么不来看我？"

我没有什么话可说，又不敢看他瘦到不成人样的脸，只好低着头，任凭他拉着。

大概是哭够了，他说，从医生那里，他知道他已经活不了几天，以后再没法儿听我讲故事。他央求我，能不能再给他讲一次《西游记》里孙悟空跟鹿力、虎力和羊力大仙斗法的故事。他说，这故事让他笑，临死前，他想笑一次。

我没法拒绝一个将死之人的要求，我让他躺下，坐在他的床前，把这个故事又讲了一遍。小牧听得很入迷，听到孙悟空拔毫毛变了一只狗，把虎力大仙的头给叼走的时候，他真的笑了——以前每次讲到这里，他都会笑的。我才发现，一个病到脱形的人，笑起来也可以很好看。

临分别，小牧叮嘱他的妈妈，回去之后，把那副狍子的犄角给我。

这副狍子的角，后来被我钉在墙上，当了挂衣服的架子，后来搬家，也就没了。

（图/麦小片）

企鹅拯救波普之家

□ 明前茶

小男孩与远航在外的船长父亲通了很多年的无线电，30年后，男孩波普长大成人，成为纽约地产改造龙头企业里有可能成为新合伙人的精英。他总能在10分钟内，动用如簧巧舌，向地产所有者们描绘拿上一大笔钱周游世界的美妙。他屡战屡胜，为公司拿下推倒旧建筑、再造摩天大厦的决胜局。而他本人，也因此踌躇满志。

有一天，衣冠楚楚的波普先生回到空荡荡的家，收到老父亲寄来的遗产——凿开快递木箱，里面腾起一阵冷雾，你猜他收到了什么？一只一尺多高的巴布亚企鹅，不是标本，而是一只会展开双鳍摇摇摆摆走路，会嘎嘎乱叫的活企鹅。

波普先生不得不打电话给老父亲的代理人，恳求对方想办法接走这闯祸精。对方却把波普先生的要求听成了"我还要五只"。于是，隔了几天，另一个大木箱到了，波普先生接到了另外五只脾气各异的巴布亚企鹅。

也许，这就是魔幻现实主义喜剧《波普先生的企鹅》片名的由来。就在波普先生手足无措之际，他的前妻带着一儿一女上门了，原来，这是他们离婚时说好的"爸爸抚养日"。两个孩子对波普的感情，与波普儿时，对远航在外的老波普是一样的，既渴望与之亲近，又对父亲的爽约与心不在焉一次次失望。但这次不一样，他们一进门就看到了沙发上、柜顶上乃至在抽水马桶里戏水的企鹅，脾气各异，一共六只。

孩子们又惊又喜，尤其是当他们发现，企鹅们居然迈着企鹅步的卓别林为同类，能连看他的电影好几小时，都乐坏了。

电影围绕着三条故事线穿插进行：波普先生被董事会派遣去说服范甘迪太太，出让她家经营了三代的餐厅；波普先生努力弥合与妻儿的关系，因为他在与企鹅们的相处中，找到了当爸爸才有的既喜悦又操心的感觉；纽约动物园的警长试图捕捉这些企鹅，将它们当作交换筹码，获得其他动物园的赠予。

所有人物与企鹅的对手戏，都是分别拍摄、后期合成的。也就是说，所有演员必须对着不在场企鹅来抒发情感，增之一分嫌多，减之一分嫌少，这个度的拿捏十分考验人。而对专拍企鹅的摄影师来说，要捕捉到企鹅与主人公抛梗、接梗，配合得天衣无缝的刹那，也十分不易。这部电影，从企鹅的角度看，拍得也十分过瘾。在影片拍摄期间，整个摄影棚都被改造成了一个大冰库。纽约中央公园奉献了结冰湖面，让企鹅欢乐地躺倒翻滚；而在一家人率领企鹅逃亡时，一只名叫"船长"的企鹅奉献了屋顶跑戏，最后，它居然误打误撞绑上风筝，飞出动物园紧闭的铁门。

故事的结尾也相当温馨：一家四口送企鹅前往南极，返回属于它们的万年冰原。大部分企鹅都欢天喜地与大家族团聚，只有"船长"落落寡欢。波普先生与家人蹲下，一一与"船长"告别。他们鼓励它："可以的，你会当个好妈妈的。"

这是一个意味深长的结尾：没有人生来是完美的父母，当孩子闯入我们的生活，与企鹅的闯入引发的混乱、操劳与哭笑不得几乎没有分别，然而，最终我们依旧明确了责任，与"闯入者"建立了难舍难分的爱，并在某一日，含泪送他远行。

（图/麦小片）

鸵 鸟

□尤 今

闪电下雨时,阿倩的母亲总会说:"瞧,吃人的妖精带着闪闪发光的匕首来找小孩了!"稚龄的阿倩尖叫着躲进被窝里。这时,母亲知道阿倩不会在打雷闪电时到屋外去嬉耍,放心了。自此,有很长一段时期,每回电光一闪,阿倩便怕得发抖,怕妖精来吃她。

夜幕降临时,母亲会说:"晚上,很多鬼怪藏在巷子里,专门抓乱跑的小孩来当跑腿。"稚龄的阿倩连眸子都长满了惊悚的鸡皮疙瘩。母亲知道阿倩不会在夜晚独自跑去巷子里玩耍,放心了。

自此,有很长一段时期,阿倩不敢彳亍于巷子,怕被鬼抓去当奴隶。

有一次,稚龄的阿倩号啕大哭时,收破烂的恰好经过,母亲便说:"你再哭,我就把你卖给收破烂的,以后,你再也看不到妈妈了!"

阿倩立马来了个"紧急刹车",把泪水连同呜咽硬生生地按压下去。

又有一次,在大街上,阿倩闹脾气,母亲便指着警察说道:"你看,那些警察,都是抓不听话的小孩的,抓了便关在黑黑的小房间里,再也出不来了。"自此,有很长一段时期,阿倩一看到警察,便条件反射地起了惊惧之心。

有一回,到游乐场去,稚龄的阿倩想坐云霄飞车,母亲忆起不久前发生的意外,便说:"有人在高空中跌下来,断手断脚,终身残废哪!"

阿倩不想成为一个缺手缺脚的人,于是便乖乖地去坐那在平地打转而安全无比的木马了,母亲放心了。从此,有很长一段时期,阿倩一看到云霄飞车,便一心认定那是一个让人"断手断脚"的坏东西。

阿倩的母亲,将"恐吓"当成"护身符",在这种教育方式下成长的阿倩,胆小如鼠。许多时候,风不吹,草不动,她也以为兵来了,活得战战兢兢。

阿倩入学以后,终于明白了那些都是母亲吓人的伎俩,母亲这时也适时地调整了她恐吓的"内容"。

学习欠佳,母亲便斩钉截铁地说:"长大以后,你只能当倒垃圾的工人!"

学习成绩有了进步,母亲又恐吓她说:"如果考不到前三名,就不要回家来。"

在母亲的字典里,没有鼓励,没有称赞,更没有循循善诱;有的,就是恐吓、恐吓、恐吓。由小到大,由大而更大,母亲对她,除了恐吓,还是恐吓。

在母亲长期不断的恐吓下,谨小慎微的她,习惯于他人的恐吓,也屈服于他人的恐吓。她长出了一层壳,窝窝囊囊地缩在硬壳里,过着明哲保身的生活。

进入社会以后,性子怯弱而又懦弱的她,明知他人公然说谎,她没有勇气戳穿;有人欺负她,她不敢反抗;对各种不平等的现象,她视而不见;碰到有人求助,她置若罔闻。对她来说,多一事不如少一事,平安无事就是福。

自小被吓大,凡事都怕的她,活得像一只鸵鸟。

(图/张翀)

烤鸭子

□萧 红

我小时候除了念诗之外，还很喜欢吃。

记得大门洞子东边那家是养猪的，一个大猪在前边走，一群小猪跟在后边。有一天一个小猪掉井了，人们用抬土的筐子把小猪从井里吊了上来。吊上来时，小猪早已死了。井口旁边围了很多人看热闹，祖父和我也在旁边看热闹。

那小猪一被打上来，祖父就说他要那小猪。

祖父把那小猪抱到家里，用黄泥裹起来，放在灶坑里烧上了，烧好了给我吃。

我站在炕沿儿旁边，那整个的小猪，就摆在我的眼前，祖父把那小猪一撕开，立刻就冒了油，真香！我从来没有吃过那么香的东西，从来没有吃过那么好吃的东西。

第二次，又有一只鸭子掉井了，祖父也用黄泥包起来，烧上给我吃了。

在祖父烧的时候，我也帮着忙，帮着祖父搅黄泥，一边喊着，一边叫着，好像啦啦队似的给祖父助兴。

鸭子比小猪更好吃，那肉是不怎样肥的。所以我最喜欢吃鸭子。

我吃，祖父在旁边看着，祖父不吃。等我吃完了，祖父才吃。他说我的牙齿小，怕我咬不动，先让我选嫩的吃，我吃剩了的他才吃。

祖父看我每咽下去一口，他就点一下头，而且高兴地说"这小东西真馋"或是"这小东西吃得真快"。

我的手满是油，随吃随在大襟上擦着，祖父看了也并不生气，只是说："快蘸点儿盐吧，快蘸点儿韭菜花吧，空口吃不好，等会儿要反胃的……"说着就捏几个盐粒放在我手上拿着的鸭子肉上。我一张嘴又进肚去了。

祖父越称赞我能吃，我越吃得多。祖父看看不好了，怕我吃多了。让我停下，我才停下来。我明明白白地是吃不下去了，可是我嘴里还说着："一个鸭子还不够呢！"

自此吃鸭子的印象非常之深，等了好久，鸭子再不掉到井里，我看井沿儿有一群鸭子，我拿了秫秆就往井里边赶，可是鸭子不进去，围着井口转，而呱呱地叫着。我就招呼了在旁边看热闹的小孩子，我说："帮我赶哪！"

正在吵吵叫叫的时候，祖父奔到了，祖父说："你在干什么？"

我说："赶鸭子，鸭子掉井，捞出来好烧吃。"

祖父说："不用赶了，爷爷抓个鸭子给你烧着。"

我不听他的话，还是追在鸭子的后边跑着。

祖父上前把我拦住了，抱在怀里，一面给我擦着汗一面说："跟爷爷回家，抓个鸭子烧上。"

我想：不掉井的鸭子，抓都抓不住，可怎么能规规矩矩贴起黄泥来让烧呢？于是我从祖父的身上往下挣扎着，喊着："我要掉井的！我要掉井的！"

祖父几乎抱不住我了。

（图/徐进）

水 心

□王鼎钧

你为什么说，人是一个月亮，每天尽心竭力想画成一个圆，无奈天不由人，立即又缺一个边儿？

你能说出这句话来，除了智慧，必定还得加上了不起的沧桑阅历。我敢预料这句话将要流传下去，成为格言。

多年以来，我完全不知道你经历了一些什么样的境况，从你这句话里，我有一些感触和领悟。我从水成岩的褶皱里想见千百年惊涛拍岸。

哦，褶皱，年轮；年轮，画不圆的圈圈；带缺的圆，月亮；月亮，磨损了的古币；古币，模糊而又沉重的往事。三十九年往事知多少，有多少是可与人言的呢？中天明月，万古千秋，被流星陨石撞出多少伤痕，人们还不是只看见她的从容光洁？我们只有默诵自己用血写成的经文，天知地知，不求任何人了解。

你说还乡，是的，还乡，为了努力画成一个圆。还乡，我在梦中做过一千次，我在金黄色的麦浪上滑行而归，不折断一根芒尖。月光下，危楼蹒跚迎我，一路上洒着碎砖。柳林全飘着黑亮的细丝，犹似秀发……

但是，后来，做梦回家，梦中找不到回家的巷路，一进城门就陷入迷宫，任你流泪流汗也不能脱身。梦醒了，仔细想想，也果然紊乱了巷弄。我知道我离家太久了、太久了。

不要瞒我，我知道，我早已知道，故乡已没有一间老屋，没有一棵老树，没有一座老坟。故乡只在传说里，只在心上纸上。

昨夜，我唤着故乡的名字，像呼唤一个失踪的孩子：你在哪里？故乡啊，使我刻骨铭心的故乡，使我捶胸顿足的故乡啊！

我已经为了身在异乡、思念故乡而饱受责难，不能为了回到故乡、怀念异乡再受责难。

那夜，我反复诵念多年前读过的两句诗："月魄在天终不死，涧溪赴海料无还！"好沉重的诗句，我费尽力气才把它字字读完，只要读一遍，就是用尽我毕生的岁月，也不能把它忘记。

中秋之夜，我们一群中国人聚集了，看美国的月亮，谈自己的老家，举座愀然，猛灌茅台。

月色如水，再默念几遍"月魄在天终不死，涧溪赴海料无还"，任月光伐毛洗髓，想我那喜欢在新铺的水泥地上踩一个脚印的少年，我那决心把一棵树修剪成某种姿容的青年，我那坐在教堂里构思无神论讲义的中年，以及坐待后院长满野草的老年。

想我看过的瀑布河源。想那山势无情，流水无主，推着挤着践踏着急忙行去，那进了河流的，就是河水了；那进了湖泊的，就是湖水了；那进了大江的，就是江水了；那蒸发成汽的，就是雨水、露水了。我只是天地间的一瓢水！

我是异乡养大的孤儿，我怀念故乡，但是感激我居过住过的每一个地方。啊，故乡！

故乡是什么？所有的故乡都从异乡演变而来，故乡是祖先流浪的最后一站！涧溪赴海料无还！可是月魄在天终不死，如果我们能在异乡创造价值，则形灭神存，功不唐捐，故乡有一天也会分享的吧。

啊，故乡！

（图/豆薇）

母亲禅

□刘世河

十一岁那年,我们家曾和一个邻居因一堵界墙的归属问题伤了和气。邻居是个新婚不久的青年,脾气暴躁,一心只想报复,就趁黑天儿偷偷爬上我们家屋顶,用干草将我家的烟筒堵上。

母亲不知烟道被堵,点火做饭。屋里顿时浓烟滚滚,直呛得全家人咳嗽连天。

父亲跑到院子里就发现了屋顶烟筒上的干草。马上想到定是邻居所为,便气不过,顺手抄起一捆干草要以牙还牙。

母亲出来制止了父亲。她让父亲大大方方地搬梯子上房将堵在烟筒上的干草拿掉。次日又堵,又上房拿掉,如此反复几次,邻居大概也自感无趣,就停止了他的恶作剧。

两个月后,邻居刚满月的儿子要剃头,求到了母亲。母亲打小跟做剃头匠的外公练就了一手绝活:专给过满月的婴儿剃头。那可是个技术含量很高的手艺,婴儿的头顶薄如葱皮,稍有不慎就会割破头皮。方圆几个村子,此绝活非母亲莫属。因为刚堵过我们家的烟筒,邻居青年自是没脸向母亲开口,就托了村上一个长辈先来打前站。没承想母亲很爽快地答应了,并即刻放下手头的活计去了邻居家。事后,邻居小两口自是感动不已,专门提了一篮鸡蛋答谢母亲。自此,两家和好如初,再无争端。事后,母亲对我们全家人说:"烟道堵了不要紧,拿掉干草就是了,可人心要是堵了,那可是病啊!"

还有一句口头禅常挂在母亲嘴边,就是"过日子怎么可以没有花呢"!

记得小时候我们家院子里有两棵硕大的石榴树。每年初夏,一簇簇火红的花朵竞相开放,满院飘香。石榴树是母亲嫁给父亲后的第二年春天,专门从娘家的园子里移栽过来的,而且是一棵酸石榴,一棵甜石榴。母亲说:"这日子本来就有酸有甜,但石榴花都是一样红红火火地开。"我这才恍然,原来母亲之所以从娘家特意移栽石榴树过来,除了美化院落,还有更深层的期许在里面。

可是石榴花再好看,花期也只有一个月左右。母亲便在院子里的东墙根栽上了一排月季,最不可思议的是,母亲还特意在大门外的两边也栽上了十几株。父亲笑她:"我们这穷家穷院的,又不是啥气派的大门楼,不配栽花的。"母亲却说:"门,再怎么简陋也是门,这花开得久,万一有亲戚朋友来串门,偏偏遇到'铁将军'(锁头),这时他们要是看到门口这些花开得正艳,兴许心里就不会太凉了,花把门,总比铁将军把门好多啦!"母亲的这个诠释,让我一下子想到汪曾祺的《人间草木》中的一段话:"如果你来访我,我不在,请和我门外的花坐一会儿。"

母亲爱花,几近痴迷,在她眼里可谓无处不花。平日里很多根本与花不搭边的东西,她也能别出心裁地叫出"花样"的名儿来。房顶上的炊烟,她说那是咱庄稼人灶台上开出的花,花一开,就有饭香;熬小米粥,她说那是小米粒在锅里乐开了花。

后来我终于明白,母亲那是心里有花,心里有花,眼睛就会望见美好;心里有花,就会使劲儿把庸常的日子过成花;日子如花,我们才得以在芬芳里幸福地长大。

(图/豆薇)

毽子里的铜钱

□琦 君

每回闻到巷子里飘来烤山薯的香味,我就会想起几十年前家乡那位卖烤山薯的老人,想起他一双黑漆漆的手和手心里两枚亮晶晶的铜钱。

那时,我大约十岁吧。有一天,在院子里踢毽子,卖烤山薯的来了。闻到那股子香喷喷的味道,好想吃啊!身边没有钱,却伸着脖子问:"老伯伯,几个铜板一个?"(那时代,还用铜板呢,一枚银角子换三个铜板,一块银圆换三百个铜板。)老人一声不响,却笑呵呵地伸手从烘缸里取出一个小小的烤山薯,往我手里一放说:"给你吃。"我十分感激,就慢慢地剥开了皮,万分珍惜地吃起来。

隔壁的二婶走过来了,她挑了几个大的烤山薯,称一称正好要十个铜板。二婶说:"算九个铜板吧,我手里只有九个。"老人说:"不行啊,我要亏本啦!"二婶说:"下回补给你就是了。"她就捧着山薯进去了。

老人愣愣地望着她家那扇门。我呢,愣愣地望着老人。他满脸的皱纹很深很深,很不快乐的样子,我心里说不出的难过,只想代二婶给他一个铜板,但是身边真的没有钱。看看手里吃了一半的烤山薯,结结巴巴地说:"老伯伯,我也没给钱呢。"

老人笑了,他说:"小孩子嘛,送给你吃的。"

我越发觉得心里不安,忽然想起毽子里面有两个铜钱儿。只是两个铜钱呀,怎么抵得过一个铜板呢?但我还是急急忙忙撕开毽子的包布,挖出两枚亮晶晶崭新的铜钱,递到老人手里说:"老伯伯,给您!"

他好半天才明白我的意思,马上把铜钱放回我的口袋里,摸摸我的头说:"小姑娘,我怎么会拿你的钱呢?不过你的好心肠,我永远不会忘记的。"他又从烘缸里取出一个小山薯递给我说:"再给你一个。"

我摇摇头不肯接。他却把烤山薯塞进我的口袋里,向我笑着摆摆手,提着烘缸走了。望着他微微驼着的背脊,我心里空落落的,好像丢失了什么东西。

铜钱在口袋里叮叮当当地响着,伸手一摸,它们在烤山薯旁边,也热烘烘的。我捏着撕破的毽子,回到书房里,把刚才的事告诉老师。老师仔细地听着,面露微笑。

我问老师:"二婶是不是应当把欠老伯伯的一枚铜板再补给他呢?"老师想了想说:"我想她会补给他的。小君,我倒是很高兴你舍得把毽子里的两枚铜钱剥出来给他。"

我说:"我那时心里很难过,觉得自己欠了他很多似的。"老师说:"不要难过,你有这份心就好了。做小贩的,栉风沐雨,都是非常辛苦的。你长大以后,要格外懂得体谅他们。"

老师慈和的声音,几十年来时常响在我耳边。卖烤山薯老人满脸的风霜、谦虚的笑容和伛偻的背影,也时常浮现在我眼前。他没有接受我的铜钱,却接纳了我的心意。他给我白吃了两个热烘烘的烤山薯,使我永远感到温暖在心中。

(图/吴敏)

只有拼命奔跑，才能留在原地

□张丽钧

我的密友H，是个特立独行的女子。

退休后，她先是选择了去贫困地区支教，前两天又告诉我说，她忙起来了，买了好几个网络课程，每天学习到半夜，光是其中一门课的学习笔记就做了五本。

我开玩笑地说："这么拼，分明是要迎考的节奏啊！"

她说："对呀，就是要迎考。退休了，没事儿干，想考考研究生。没有读研，一直是我心里的头等憾事……"

我听了大惊失色："真的假的？你要报考哪个学校的研究生啊？"

她说："北大。"

我的妈呀！要知道，她可是特级教师、全国名师啊！退了休，不老实在家猫着，居然整出这么大的动静！

我说："你这都励志到火星上去了！去跟马斯克对决吧！"

据说人在退休后要经历四个心理期，分别是迷茫期、过渡期、调整期、适应期。可是你看这家伙，这四个心理期她都没经历，直接冲进了奋斗期。

我认识一对夫妻，都是喜欢搞笑的主儿。两个人几乎同时退休。朋友们坐在一起祝贺他俩"解甲归田"，他俩的对口相声可就说开啦！

男的说："突然从驴变成了猪，我还真不会睡觉。"

女的说："我半夜爬起来蒸包子。没办法，睡得太早，不习惯呀！三点钟就没觉了，只好扑到厨房去填补这小小的心灵空虚。"

男的说："我俩真发愁，迷茫得要死。"

女的说："我爱人这辈子最大的理想就是再生个儿子。现在国家提倡生二胎三胎，我俩也有了大块儿时间，虽说过了育龄期，但也不甘心啊！寻思着找个医生朋友给想想法儿，再生个孩子。"

举座皆惊。你瞧人家这抱负！

如果说这不过是这对夫妇的笑谈，那么，我的朋友H可是百分百认真的。H的举动，让我明白，人在退休后，天地竟还可以如此广阔。

"生年不满百，常怀千岁忧。昼短苦夜长，何不秉烛游……"不知为何，汉代这首劝人及时行乐的诗，有时会被人抽取其中一句用来励志，欣然将劝人举着火把疯狂游玩，一厢情愿地解读为劝人举着灯盏疯狂学习。

退休后，许多人开启了"秉烛游"的模式，他们的宣言是"我把晚年当玩年"，可你看我这个密友，人家开启的可是"秉烛学"的模式啊！她用行动，霸气地"曲解"了这句汉诗。

《爱丽丝漫游仙境》里的红桃皇后有一句话："你只有拼命奔跑，才能留在原地。"

是啊！H为了"留在原地"，跑得多么卖力呀！我呢？如果我不跑起来，"原地"还会有我吗？

（图/叶姗姗）

用温暖的心活着

□曹春雷

祖母在世时，曾说，冬天啊，冻懒人，不冻勤快人。说这话时，她正在院里扫地，扫完了，又磨菜刀，喂鸡喂鸭……甚至提起镐来，颤颤巍巍地要劈柴。五婶见了，喊着"娘哎"夺过来。

我们几个孩子却在屋檐下，袖着手，缩着身子，一个劲嚷着冷。祖母说："你们几个跑到村口去，摸摸那棵老槐树再回来，我给你们好东西吃。"说着，拍拍她的衣兜。我们知道，那是糖。就呼呼隆隆地跑。气喘吁吁地跑回来，祖母问："还冷不？"我们齐声回答："不冷。"

我父亲和大爷、叔叔们，这时也不闲着，在筹备一项大工程——开春要盖房。弟兄六个，都有活儿。大爷挖地基，在院子前的一块空场上，抡起铁镐来，凿地。四叔拿着刨子，在院东北角的棚屋里，哧哧哧，刨木头，做门窗。木屑翻卷了一地。二大爷和五叔，在屋后的山上打石头。五叔扶钎子，二大爷用锤砸，叮叮当当。我爹和六叔也不闲着，推车去南河，挖沙。

我没见他们说冷。他们都只穿着单褂，头上却热气腾腾。

晚上，吃过饭后，一大家人都挤在祖母屋里。那时，大家都住在一个四合院里。我母亲、祖母，还有大娘婶子们，都盘腿坐在土炕上。炕烧得暖暖的。我们孩子也在炕上，偎着自家母亲。父亲和大爷叔叔们坐在炕旁，说着话。外面的寒风，将光秃秃的树干吹得呜呜响，拍打着纸糊的窗子，发出簌簌的声响。屋里没生火炉，但我一点儿也没感觉到冷。

一家人在，就不冷。

在村小学里，也没生火炉。上一会儿课，老师就让我们站起来，一起拍手，一块跺脚。然后再坐下学习。课间，我们倚着墙，一个挨一个，挤着，嘴里还喊："挤油，挤油，挤得蛤蟆露头……"还拔河，踢毽子。

如果还冷，老师就领我们在操场上一边跑步，一边背课文。老师背一句，我们跟着背一句。等到我们小脸都红扑扑的，课文就背得差不多了。

没听到谁喊冷。

前些年，我租住在这个南方城市的城中村。冬天，屋里没火炉，没空调，也没暖气。我做俯卧撑、仰卧起坐，大声背诗，"啊！我不辜负你的殷勤，你也不要辜负了我的思量。我为我心爱的人儿，燃到了这般模样！"微微有汗意时，拥在被子里看书——沉浸在文字里，为自己筑起一座抵挡寒风的城堡。

那时候，我激情满满，打工之余一篇接一篇写小说，疯狂投稿，憧憬着有一天能用笔为自己开辟出一条崭新的路来。哪能感觉到冷呢？

其实真正让人觉得彻入骨髓寒冷的，只能是心冷。所以啊，寒冷的日子里，一定要用温暖的心活着。心是暖的，世界就是暖的。

（图/麦小片）

敬畏一粒米

□林文钦

一粒米能有多重？我一直以为，它重如一座山。

小时候家里穷，母亲在深秋的时候总是出去"捡地"，就是去大地里捡拾农人秋收后遗落在地里的粮食。每次母亲都要走上好几十里的地，背回来半麻袋瘦瘦的稻秆儿，脱了皮，最后能收获一海碗的大米。母亲一点点地积攒着，然后用它们给我们当口粮，那是儿时我们所有的营养来源。粒米之恩，能与皓月争辉！

米吃多了，就有了想法。有时我看到掉在桌上的一粒米，会产生一番联想：这粒米，不知道是哪粒种子被种在土里，经过了多少风霜雨雪，又被哪个农民精心养育，浇水、施肥、捉虫、打药，顶着酷暑烈日收割了来，再冒着酷暑高温脱了粒。脱一遍还不算，再脱一层皮，再脱一层皮，成为白白亮亮的精米，大有缘法落到我的饭碗里，结果不等它入口，就被轻轻抛弃，假如这米有灵，不知道会不会伤心？

对米，汪曾祺先生有过经典描述。其笔下有一个叫作八千岁的人物，开着一个米行，他店里一溜排开几个大米囤，从"头糙""二糙""三糙"到"高尖"应有尽有。挑箩把担卖力气的吃头糙米，一老碗紫红的糙米饭，上面堆上岗尖岗尖的腌小鱼和小青菜，大口大口吞食；住家铺户吃二糙三糙米，比头糙精致，米色亮白一些；所谓高尖，精致透亮，只有高门大户才吃，普通百姓不是吃不起，只是总觉得有些糟蹋。中国人自古惜福心理就十分强烈，字纸尚且不肯浪费，更何况养身的米？

此外还有糯米和晚稻香粳。糯米不用说，常用来蒸八宝饭、包粽子；香粳米煮出粥来米长半寸，颜色浅碧如碧螺春茶，香味浓厚。

我更是留意《红楼梦》里上上下下各色人等吃的米。身份不同，吃的米也需论资排辈。咱们吃的精白米饭在那个富贵乡里是下人吃的，老祖宗看到有人盛了一碗白米饭给珍大嫂子，会笑嗔："怎么盛这个饭给你奶奶？"主子们吃的不是红米就是绿米。红的，颜色嫩红，味腴粒长，香气扑鼻，叫作"御田胭脂米"；那绿米，就是芳官吃过的"绿畦香稻粳米"。

关于米，还有不少传奇典故。据说远古时期，上帝虽说把亚当夏娃逐出伊甸园，命令他们流汗才有饭吃，但到底对自己的造物心怀恩慈，命令地下的麦子长得如同一棵树一般，分出七股八杈，每一个枝头都有一个麦穗，于是天下万民不缺粮食。有一日上帝到人间巡行，发现麦子烂倒在泥里，上帝一怒之下改了规矩，下令麦株从今以后只结一穗，且不时有风雹雷灾、水患火欺，以此惩罚不知惜福的凡间生灵。

真正有品德、有修养的人不肯怠慢了世间万物，尤其是珍珠一样的米。在弘一大师的眼里，世间竟没有不好的东西，白菜好，咸苦的蔬菜好，倘跋山涉水之际能有一碗白米饭，更是好上加好。

我在闽东太姥山的摩霄庵吃过一次素斋，那些不起眼的素菜素饭，盛在清素的餐盘里，竟是那样温润有致，不由心生一丝感恩，细细把一碗米饭装进胃里，生怕丢弃一粒米。

对生命的敬畏，源自一粒粒米，粒粒凝结了血和汗。

（图／罗再武）

养个小丑在心里

□尤 今

有时候，小丑是举足轻重的快乐大使。

阿蔷像一缕阳光，长晴不阴。她总是以笑脸来对抗挫败，以笑声来埋葬哀伤。

她原是白领丽人，在旅行社工作，工作被肆虐的疫情吞噬了，她双眼眨也不眨一下，便改行当摊贩助手。她一改过去光鲜亮丽的形象，衣着朴素地在熟食中心忙得大汗淋漓，可脸上的笑花从来不曾凋谢。她耸耸肩，说："失学、失业、失婚，都只不过是河床里的小石块，我们不能让它阻拦河的流势。"继而微笑地说道，"真正可怕的，是失魂！只要人在、魂在，一切俱在。"

在转行期间，祸不单行，与她感情弥笃的兄长不幸染疫去世。她没有掉泪，别人觉得不可思议，可她说：用眼泪拜祭无可挽回的死亡，是于事无补的；以微笑缅怀昔日的美好，才是对死者最大的敬重。这话，颇有庄子"鼓盆而歌"的味道。

阿蔷豁达的人生哲学，源于少年时当义工的经验。

那一年，她父母闹离婚，天天的电闪雷鸣像鬼哭狼嚎，家无宁日。她家附近有个组织为招募义工而开设小丑训练班，阿蔷不想待在阴霾满布的家，毫不犹豫地报名了。

训练员敏锐地察觉到阿蔷企图以笑容来掩盖内心的晦暗世界，在课程结束后，特地约了阿蔷单独见面，语重心长地对她说道："一般人总把小丑看成微不足道的丑角，或是意义不大的滑稽角色，实际上，小丑是举足轻重的快乐大使。要当个称职的小丑，先得养个小丑在心里，只有当小丑的快乐表里如一时，所释放出来的快乐才能具有强烈的感染力。"

这话，如醍醐灌顶。

她牢牢记住了："养个小丑在心里。"

训练课结束后，她随大家到临终关怀中心去为儿童表演。让她深感震撼的是，许多稚龄的病童，明明知道生命会如昙花般倏地消逝，但是，在观看他们表演时，孩子们笑得前仰后合，快乐得非常纯粹；在这一刻，她明白了，是大家心里养的那个小丑变成了快乐的菌，感染了孩子，化黑暗为缤纷。

渐渐地，阿蔷领悟到，人世间有些坎，如能一笑置之，便能轻易跨过；那些跨不过的，便以平常心面对，不去想它、不去管它、不去动它，慢慢地，曾有的痛和苦，就会像水分渗透进泥土一样，消失无踪了。

她和养在心里的那个小丑成了无所不谈的知己——父母闹离婚，小丑对她说："成人世界里的事，不是你的能力所能改变或者扭转的，既然无能为力，就只能顺其自然了。"她点头称是，设法保持心境的平和，如常过活。她发现，有了"天塌下来当被盖"的心理准备，一切问题都不是问题了。

后来，父母离婚了，她跟母亲过活，日日飞满硝烟的战场，归于平静。

这时，心里的小丑对她说道："这样的生活也不错呀！"

她微笑着应道："是呀，是呀，静如潭水呢！"

她和心里养的那个小丑，相知相惜，相濡以沫。

（图／小粒团）

扶轮问路

□史铁生

坐轮椅竟已坐到了第三十三个年头，用过的轮椅也近两位数了，这实在是件没想到的事。

1980年秋天，"肾衰"初发，我问过柏大夫："敌人刑期尚余几何？"她说："阁下争取再活十年。"都是玩笑的口吻，但都明白这不是玩笑——问答就此打住，急忙转移了话题，便是证明。十年，如今已然大大超额了。

两腿初废时，我曾暗下决心：这辈子就在屋里看书，哪儿也不去了。可等到有一天，家人劝说着把我抬出屋子，一见那青天朗照、杨柳和风，决心即刻动摇。又有同学和朋友们常来看我，带来大世界里的种种消息，心就越发地活了，设想着，在那久别的世界里摇着轮椅走一走大约也算不得什么丑事。于是有了平生的第一辆轮椅。

那是邻居朱二哥的设计，父亲捧了图纸，满城里跑着找人制作，跑了好些天，才有一家"黑白铁加工部"肯接受。用材是两个自行车轮、两个万向轮并数根废弃的铁窗框。母亲为它缝制了坐垫和靠背。后又求人在其两侧装上支架，撑起一面木板，书桌、饭桌乃至吧台就都齐备了。

那一辆自制的轮椅，寄托了二老多少心愿！但是下一辆真正的轮椅来了，母亲却没能看到。下一辆是《丑小鸭》杂志社送的，一辆正规并且做工精美的轮椅，全身的不锈钢，可折叠，可拆卸，两侧扶手下各有一金色的"福"字。这辆"福"字牌轮椅，开启了我走南闯北的历史。

先是北京作协的一群哥们儿送我回了趟陕北，后又有洪峰接我去长春领了个奖。父亲年轻时在东北林区待了好些年，所以沿途的地名听着都耳熟。

如今我也是年近花甲了，手摇车是早就摇不动了，"透析"之后连一般的轮椅也用着吃力。妻子逛街时在王府井的医疗用品商店看见了电动轮椅，标价三万五。她找到代理商砍价，不知跑了多少趟。两万九？两万七？两万六，不能再低啦小姐。好吧，希米小姐偷着笑：你就是一分不降我也是要买的！

这东西才真正给了我自由：居家可以乱窜，出门可以独自疯跑，跳舞也行，打球也行，给条坡道就能上山。时隔三十几年我居然上了山——昆明湖畔的万寿山。

谁能想到我又上了山呢！谁能相信，是我自己爬上了山的呢！

坐在山上，看远处天边的风起云涌，心里有了一句诗：嗨，希米，希米/我怕我是走错了地方呢/谁想却碰见了你！——若把凡·高的那些话加在后面，差不多就是一首完整的诗了。坐在山上，眺望地坛的方向，想那园子里"有过我的车辙的地方也都有过母亲的脚印"；想那些个"又是雾罩的清晨，又是骄阳高悬的白昼……"；想我曾经的那些个想："我用纸笔在报刊上碰撞开的一条路，并不就是母亲盼望我找到的那条路……母亲盼望我找到的那条路到底是什么？"

有个回答突然跳至眼前：扶轮问路。是呀，这五十七年我都干了些什么？——扶轮问路，扶轮问路啊！

尼采说"要爱命运"。爱命运才是至爱的境界。

（图/张翀）

外婆的美学

□李汉荣

外婆说:"人在找一件合适的衣服,衣服也在找那个合适的人,找到了,人满意,衣服也满意,人好看,衣服也好看。""一匹布要变成一件好衣裳,如同一个人要变成一个好人,要下点功夫。""无论做衣服还是做人,心里都要有一个'样式',才能做好。"

外婆做衣服是那么细致耐心,从量到裁再到缝,她好像在用心体会布的心情。一匹布要变成一件衣服,它的心情肯定也是激动的,充满着期待,或许还有几分担忧和恐惧:要是变得不伦不类,甚至很丑陋,名誉和尊严就毁了。

记忆中,每次缝衣,外婆都要先洗手,把自己穿戴得整整齐齐,身子也尽量坐得端正。

外婆总是坐在敞亮的地方做针线活。她特别喜欢坐在场院里,在高高的天空下面做小小的衣服,外婆的神情显得朴素、虔诚、庄重。

在我的童年,穿新衣必是在盛大的日子,比如春节、生日。旧衣服、补丁衣服是我们日常的服装。我们穿着打满补丁的衣服也不感到委屈,一方面是因为人们都过着打补丁的日子;另一方面,是因为外婆在为我们补衣的时候,精心搭配着每一块补丁的颜色和形状,她把补丁衣服做成了好看的艺术品。

除了缝大件衣服,外婆还会绣花,鞋垫、枕套、被面、床单、围裙上都有外婆绣的各种图案。

外婆的"艺术灵感"来自她的内心,也来自大自然。燕子和其他各种鸟儿飞过头顶,它们的模样和姿态留在外婆的心里,外婆就顺手用针线把它们保存下来。外婆常常凝视着天空中的云朵出神,她手中的针线一动不动,布安静地在一旁等待着。忽然出现一声鸟叫或别的什么声音,外婆才如梦初醒般地把目光从云端收回,细针密线地绣啊绣啊,要不了一会儿,天上的图案就出现在她手中。读过中学的舅舅说,外婆的手艺是从天上学来的。

那年秋天,我上小学,外婆送给我的礼物是一双鞋垫和一个枕套。鞋垫上绣着一汪泉水,泉边生着一丛水仙,泉水里游着两条鱼儿。我说:"外婆,我的脚泡在水里,会冻坏的。"外婆说:"孩子,泉水冬暖夏凉。冬天,你就想着脚底有温水流淌;夏天呢,有清凉在脚底护着你。你走到哪里,鱼就陪你到哪里,有鱼的地方你就不会口渴。"

直到今天,我还保存着童年时的一双鞋垫。由于过去三十年之久,它们已经变得破旧,如文物那样脆弱易碎。但那泉水依旧荡漾着,贴近它,似乎能听见隐隐水声。

两条小鱼仍然没有长大,一直游在岁月的深处。几丛欲开未开的水仙,仍然那样停在外婆的呼吸里。

我端详着外婆留给我的这件"文物"。我的手纹,努力接近和重叠着外婆的手纹。她冰凉的手从远方伸过来,感受着我手上的温度。

(图/木木)

奶奶的蚕豆

□毕飞宇

我出生的那个村子叫杨家庄，因为父母都要上课，午饭就成了一个大问题。父母决定请个人过来帮着烧饭，附带着带孩子。

"奶奶"就这样成了我的奶奶。我和奶奶在一起的时间比和父母在一起的时间还要多。我5岁时，父母工作调动，去了一个叫陆王的村子。奶奶没有和我们一起走。直到这个时候我才明白过来，"奶奶"不是我的亲奶奶。

我11岁那年，父母要被调到很远的地方，临行前，我去了一趟奶奶家。奶奶说，她已经"晓得咯"。奶奶格外高兴，她的孙子来了，都"这么高了"，都"懂事"了。那时候奶奶守寡不久，爷爷的遗像已经被挂在墙上，奶奶终于和我谈起了爷爷，她很内疚。她对死亡似乎并不在意，"哪个不死呢"，但奶奶不能原谅自己，她没让爷爷在最后的日子里"吃好"。

这是我第一次认识到死亡对生者的折磨。因为是告别，奶奶特地让我到锅里头铲了一些锅巴，放在了爷爷的遗像前。我的小妹，也就是奶奶的孙女那时候已经出生了，在我和奶奶说话的时候，小妹一直在她的摇篮里睡觉。小妹后来说，她知道这件事，是奶奶告诉她的。

就在傍晚，奶奶决定让我早点回家。她拿过来一根丫杈，从屋梁上取下一个竹篮，里头是蚕豆。奶奶让我去帮她烧火，我一边添柴火，一边拉风箱。

多年之后，我聪敏一些了，才知道，那些蚕豆是预备着第二年做种的。蚕豆炒好了，奶奶让我把褂子脱下来，拿出针线，把两只袖口给缝上，两只袖管即刻就成了两只大口袋。奶奶把装满蚕豆的褂子绕在我的脖子上。奶奶的手在我的头发窝里摸了老半天，说："你走吧，乖乖。"

在我的一生中，这是我第一次拥有这么多炒蚕豆，都是我的，你可以想象我一路走得有多欢。蚕豆还是有点烫，我一路走，一路吃。杨家庄在我的身后远去了，奶奶在我的身后远去了。在后来的岁月里，我不停地回想起这个画面。

1986年，我在扬州读大学。有一天，我接到了父亲的来信，说我的姑姑，也就是奶奶唯一的女儿服了农药，死了。我从扬州回到了杨家庄，11年之后，当我再一次站在奶奶面前的时候，老人家一眼就把我认出来了。奶奶看上去没有我想象中那样悲伤，这让我轻松多了。她只是抱怨了一句："死丫头不肯活咯。"

事实上，奶奶没多久就去世了。她一定是承受不住了，她的伤痛是可想而知的。但奶奶就是这样，从来不会轻易流露她的伤心与悲痛，尤其在亲人面前。

1989年，我的小妹来南京读书，我去看望她。小妹说："哥，你的头发很软。"我说："你怎么知道的？"小妹说："奶奶告诉我的。奶奶时常念叨你，到死都是这样。"

小妹的这句话让我很受不了。我知道，我想念奶奶的时候比奶奶想我的时候要少很多。这就是我和奶奶的关系。

但是，无论是多是少，我每一次想起奶奶总是从那些蚕豆开始，要不就是以那些蚕豆结束——蚕豆就这样成了我最亲的食物。

（图/麦小片）

人性的光辉

□阴 绯

　　这个故事发生在几年前，患者是个极度瘦弱的彝族女孩，当时是被背入病房的。我看了一下入院证，18岁，右下腹包块待诊。病人当时特别虚弱，身高1.6米，体重不到30公斤，近乎皮包骨头。

　　几分钟后，一线医生身后跟进来一个瘦小的彝族男孩，是她老公。

　　我抬头看了一下这个不知所措的男孩，"你多大了？""19岁。"

　　"这女孩病这么重，她的父母为什么没有来？"我有些焦虑。

　　男孩犹豫了一下，用不标准的汉语对我说了下面一段话："家里不会有人来了，县医院的医生也说没得救，叫我背回家去等死，但是我舍不得。最后我去求了全村的长辈，挨家磕头，然后全村给我凑了两万块钱……"

　　听他结结巴巴说完这些话，我突然感到压力很大。我思考了一会儿，对他说："两万块钱，现在还用不了那么多，你去交5000块钱，先做检查，然后谈下一步治疗方案。"

　　三天后，初步结果出来，是肺结核及肠结核穿孔形成的冷脓肿。如果开腹处理的话，可能预后更差，只有先保守治疗一段时间再说。

　　我们对女孩的治疗，除了正常的消炎抗感染，右下腹局部还给予大蒜和芒硝外敷。我们科室常备一个蒜臼，每天早上交班时，就看着小丈夫拿着蒜臼，在楼道里吭哧吭哧地捣蒜，这样提前准备好了，等医生查房时就可以给病人敷上。

　　几天过去了，除了女孩的生命体征比来时平稳了一些，一线医生查了一下费用，花了差不多5000块，我有点忧心忡忡。

　　我把这个小丈夫叫到办公室，对他说："你看现在花了快5000块钱了，我觉得疗效不是很理想，下一步你有什么想法和要求？"

　　男孩迷惑不解地看着我说："我觉得疗效很好啊，她吃饭了嘛。"

　　从能够吃饭到出现真正的疗效，这个过程有多漫长，他不知道，我却知道。

　　又是几天过去了，有天早晨查房我突然发现这女孩坐起来了，她的各项指标开始好转。

　　渐渐地，女孩开始康复，复查结果非常好。我在开心之余，又隐隐感到一丝担忧。那么重的腹腔结核感染，意味着她可能终身不能怀孕，这个男孩能够承担这个结果吗？我把他叫到走廊上，准备就这个问题试探一下他的态度。

　　他明白我的意思之后，突然哈哈大笑起来，同时说了一句："医生，她已经活下来了嘛！"这一瞬间，我心里悬着的石头"咯噔"落地了。

　　他们出院的那一天，我在上门诊。忙碌中抬头一看，男孩不知道什么时候站在我的诊室里，好像有什么话要对我讲。

　　我问他："出院的药取了吗？""取了。"我笑了一下说："那快办出院手续吧。"

　　突然，男孩深深地鞠了一个躬，然后就一直这样弓着背、倒退着，走出了我的门诊室……那一瞬间，我的眼睛模糊了。

　　这个男孩，以19岁的年龄，默默地诠释了责任与担当，让我们这些见惯人情冷暖和生死的医生都赞叹不已。

（图/鹿川）

树 帖

□赵大民

　　家乡的人，每遇重要的事需请人来，都要提前两三天发一个请帖去，有的甚至更早一些，五天六天的都有，以示对被邀请之人的敬重。

　　比如儿女的婚事，无论订婚还是结婚都要正儿八经地写帖，庄重得很。再比如，盖了新房、小孩儿满月或是老人过大寿，都要给来贺的人家发个请帖过去。

　　在我们家乡，还有一种帖子叫"树帖"。

　　我的家乡在豫西南的山里，山多，坡多，乡亲们除了种地，最爱干的一件事就是种树，而那坡上，土少，石头多，一镢头下去，当当响，震得手疼。乡亲们说，咱这"石圪尖"的庄名儿没起错。手是疼，但大家还是背着镢头上山上坡，挖坑，砸石头，搬石头，挑水，抬水，挖土，培土，能种树的地方都要种上。今年种上二三十棵，死一半，活一半，明年还要把死的树补种回来。

　　慢慢地，家乡的山坡上起了栎树林、杨树林、化香林……而家家户户的房前屋后不是榆树，就是桐树、洋槐树……

　　树成了材，就要伐一些，卖给收木材的人，或者自己家修房盖屋、打家具用，但哪一棵该伐了，哪一棵该留下，每一家的当家人都心中有数，不能滥伐，且伐一棵，必定补上一棵。

　　家乡的人伐树有一个规矩，就是要提前三到七天给树发个请帖，这帖就叫"树帖"。

　　村里有一位孔先生，是在小学当老师的，文化深，字也中，毛笔钢笔写出的字都周周正正的，有力道，看着排场、提精神。要伐树的人家都要提前去他家，拿着一张红纸，请他写个树帖。他无论多忙，都会立马停了手中的活儿，笑着说："中。这又不难，况且还是给树神树仙写帖哩。用毛笔，还是钢笔？"

　　"都中，都中。"

　　孔先生就净了手，裁了一块尺余长的红纸，屏着气，用毛笔写起来。那帖子是竖排的，标题的字要比正文的大些："敬树神树仙帖"。正文则言简意赅："兹定于×年×月×日伐树，敬请各位树神树仙大驾移位他树仙居。不敬之处，请众神仙海涵。敬请人×××。×年×月×日。"

　　我家的树帖也是孔先生写的。爹喜眯眯地去，又喜眯眯地回来，然后叫我跟他一块儿去给树发请帖。那是一棵大榆树，十来年了，一个大人都搂不住。爹把娘打好的糨糊刷在树干上，毕恭毕敬地把红红的帖子贴上去，还用手压得实实的，生怕被风刮了。那棵榆树是七天以后才能伐的。

　　我问爹："为啥非要给树写个帖呢？"

　　"咱栽下了树，就得照护好，树长大了，神仙就在上面安家了，也给咱照看着树哩。咱要伐树了，不给他们说说会中？一说，他们就搬到别的树上去了，又安了新家，又给咱照看树。"爹笑着抚摸着我的头说，"人养活树，树养活人啊！你记住了，长大了，好好养树，要伐树了，就先给树写个帖。"

　　我记住了爹的话，村里的人也把写树帖的事记在了心底。他们说："哪儿能忘哩？"

（图/蝈蒻猫）

爱的化学反应

□猴　子

我奶奶今年九十岁了。重度耳聋，要凑近了喊，才能听到。

膝盖有骨刺，不能走太多路。一辈子活在上海的郊区，听不懂普通话，只能说郊区的土话。对了，她还不识字。因为耳朵听不见，打电话给奶奶，我会特意用手捂住下面的通话口。这样，声音会大很多。现实生活里，有人对她说话。奶奶只能"啊？""啊？"地反问。多了，别人就不耐烦了。

比如我爷爷，至少在外人看来，我爷爷对我奶奶的态度特别差，一直很凶。奶奶胆子小，害怕，就找了一个诀窍，"嗯嗯，是呃，是呃"地回答。其实什么都没听到。她每天在家待着，自己有一个菜园，种一些菜。到了中午，就坐下来看电视。不识字，就看不懂电视下面的字幕。听不懂普通话，就不知道剧中人在讲什么。她只能看画面。所以，我奶奶看得懂的只有一档节目，就是你们嗤之以鼻的跳水闯关节目，什么《男生女生向前冲》《智勇大冲关》之类的。她看到有挑战者被机关打下水，就特别开心。

爷爷不喜欢，就出去打牌。下午，奶奶做饭，爷爷回来，吃个饭还会挑三拣四，骂骂咧咧。我和爷爷说了好几次，没用。后来一天晚上，我回爷爷家。敲了很久的门，都没人来开。以为两个人都早睡了。我就趴在窗边确认，看到电视开着，里面放着电视剧，爷爷在我奶奶耳边解释电视剧情，在她手上比画。小老头人前凶巴巴，没人的时候，轻声细语的，像是在教一个小学生。后来我才知道，他大声说话，是希望奶奶听见。

我们表面很关心她，对她"友善""好"，其实很多话到了嘴边都吞下了，因为潜意识里认为她听不到。只有这个小老头骂骂咧咧，有时候恼羞成怒。因为他想要她听见。说句实话，两人如果百年了，我希望奶奶先走。至少爷爷还有一些牌友，耳朵没问题，普通话也说得不错。还在被这个世界接纳着。

如果爷爷先走了，奶奶就只能在一个人的世界里，看不懂电视在演什么，听不懂普通话，听不到别人在说着什么，走两步膝盖就会疼，走不远。

本来她的世界就很小，小到就家里这么个院子，爷爷先走了，就什么都没了。真心喜欢一个人是什么体验？我说不清楚，因为每次喜欢上一个人，结局都不顺意。但是我猜，以前的人，即便最初在一起不是因为爱情，但是四十年、五十年、六十年后……多少都会发生点化学反应吧。我爷爷不喜欢看跳水闯关类节目，偶尔打牌也会爽约，节目开始了，也会叫上我奶奶，两个人一起看。年轻人的爱恋大体也是如此吧，有好吃的东西，第一时间给她；有好笑的笑话，第一时间讲给她；听到好听的歌，立马就想分享给她。

有什么糗事，也希望她来骂骂自己。人生这场冒险，就算是些边角料，你都想双手奉上，我想，真心喜欢一个人，你会微笑着成为她的嘴巴，她的鼻子，她的耳朵，她的眼睛。

你就是她/他。

（图／吴敏）

如果没有笑，人生多荒凉

□ 刘继荣

我是个严肃的人，觉得世间没什么好笑的事。无论是春晚的小品，还是糗事百科的笑话，我都像看新闻一样，从头到尾正襟危坐。

我不仅不爱笑，女儿出生时，我差点没跟她一起哭。护士以为我是高兴过头，其实我是内疚加恐慌。婴儿长得像个小老太太：脸皱发稀，肿眼睛，红皮肤，外加一个长长的脑袋。天哪！相信她一懂事便会缉捕老爸，基因问题是赖不掉的。

神奇的是，才过几个月，这丑小孩就变了三十六变，现在她粉脸如荷，双目晶莹，头发乌亮浓密，不逗也会冲人笑。

我心下大安，不免喜形于色，竟然嘿嘿笑出声。

从此，我的生活，由铅笔画变作油画，色彩淋漓，天地生辉。

可感冒偏爱幼儿，等到她病、她咳、她疲乏之时，我的天空墨云翻滚，惊雷闪电；可一旦她烧退、咳止、痰清，我如渡过劫难，手舞足蹈，呵呵哈哈只管胡笑。

女儿三岁半时，因肺炎住院，高烧不退。我守在她床前，削苹果，喂白开水，拿糖浆。她有气无力，嘴唇粘在一起，不想吃，也不想喝。我问孩子想要什么，问完又后怕，因她平时常恳求我："爸爸，你给我生个妹妹好吗？爸爸，你飞给我看好吗？"这些事做起来真是难死人。此时，她想了一会儿，说："爸爸，给我讲个笑话吧！"

我的脑子轰的一声，这个要求不过分，可我真的不会讲笑话，这是我的死穴。

我去网上搜索：怎样讲笑话，怎样成为一个幽默的人，怎样……这时，我听见女儿叫我，她以手抚额，低声说："爸爸，快拿红薯来，我头好烫，一会儿就能烤熟！"我笑起来，用湿毛巾给她降温。她说："毛巾会烧着，要灭火器才可以。"

我又笑，女儿才是幽默天才，真恨不能拜她为师。

我们俩隔着输液架讲话。讲我小时候的故事，爬到树上摘桑葚，捉到一只小鸟，用弹弓打麻雀，竟然打歪自己家的烟囱……我们俩笑啊笑，笑啊笑，最后，她睡着了。我轻轻将手覆在她额上，不烫，我又摸她小手，不烫，我用眼睛贴住她脚丫：真的不烫！

晨曦水彩般染蓝整间屋子，窗外的鸟，叫一声，停下，再叫，一只绿翅膀小虫，在纱窗上奋力向上爬。多么美好的早晨，我全身有喜悦充盈，竟然不觉困倦。

自此，我开始留意生活中有意思的人与事，留意书报中有趣的文字，我试着用幽默的语言与人交流，一改从前的严肃拘谨，屡屡被上司夸赞。现在我知道，生命中除了健康、工作，还有笑。笑不能止住地震，不能拯救地球，不能拉来五百名客户。可是，如果没有笑，人生多荒凉，连老爸都没资格当。

到年底，我得到了梦寐以求的升职。我要大大地感谢女儿，问她吃麦当劳还是肯德基，她考虑了一会儿，认真地说："爸爸，你还是给我生个米老鼠吧！"我温和地回答："给我时间，我愿意试试。"

（图／蝈蒌猫）

流水一般的耐心

□毕飞宇

我来讲一个撑船的故事吧。在我很小的时候，我曾经把一条装满稻谷的水泥船从很远的地方撑回打谷场。以我那时的身高和体重来说，那条装满了稻谷的水泥船太高、太大、太重了，划动它是我力所不及的。可事实上，我并没有费多大的力气就做到了。奇迹是怎么发生的呢？水泥船在离岸的时候被大人们推了一把，笨重的船体就开始在水面上滑行了，这是极其重要的。巨大的东西往往具有巨大的惯性。这就是泰坦尼克号在关闭引擎之后还会撞上冰山的缘故。事实上，在巨大的惯性之下，只要加上那么一点儿的力量，它前行的姿态就保持住了。问题是，你不能停，一停下来就再也无能为力了。

我经常告诉我的儿子，无论多大的事情，哪怕这件事看上去远远超过了你的能力，你都不要惧怕它。"不可能"时常是一个巍峨的假象。在它启动之后，它一定会产生顽固的、取之不尽、用之不竭的惯性，你就是这个惯性的一部分。只要你不停息，"不可能"就只能是"可能"，并最终成为奇迹。

农业文明的特征其实就是植物枯荣的进程，一个字，慢。每个周期都是三百六十五天，无论你怎样激情澎湃，也无论你怎样"大干快上"，它只能是、必须是三百六十五天。在农业文明面前，时间不是金钱，效益也不是生命。为了呼应这种慢，农业文明的当事人，农民，他们所需要的其实就是耐心。

农民的"行"也是需要耐心的。这就牵扯到农业文明的另一个特征了，它和身体捆绑在一起。工业文明之后，文明与身体才脱离开来，所以，工业文明又被叫作"解放身体"的文明。农业文明不同，它是"身体力行"的——还是回到撑船上来吧，既然是身体力行的，你在使用身体的时候就不能超越身体，这一点和竞技体育有点相似，它存在一个"体力分配"的问题。

在我刚刚学会撑船的时候，急，恨不得一下子就抵达目的地。它的后果是这样的，五分钟的激情之后我就难以为继了。一位年长的农民告诉我："一下一下地。"

是的，农业文明不是诗朗诵，不是"我要上春晚"，五分钟的激情毫无意义，在任何时候都可以忽略不计。"一下一下地"，这句话像河边的芨芨草一样普通，但是，我决不会因为它像芨芨草一样普通就怀疑它的真理性。"一下一下地"这五个字包含农业文明无边的琐碎、无边的耐心、无边的重复和无边的挑战。

有时候，我们要在水面上"行"一天的路，换句话说，撑一天的船。如果你失去了耐心，做不到"一下一下地"，那么，你的处境将会像一首儿歌所唱的那样——小船儿随风飘荡。这可不是一个诗情画意的场景，它是狼狈的，凄凉的。这件事在我的身上发生过。

最后说两句：一、有人问我，如何成为一个作家，我说，坚持写三十年，不要停止；二、我从没怀疑过自己的能力，即便如此，我还是要说，我最大的、最可以依赖的才华是耐心。在水上行路的人都有流水一般的耐心。水从来都不着急，它们手拉着手，从天的尽头一直到另一个尽头。

(图/豆薇)

书房花木深

□冯骥才

一天我突发奇想，用一堆木头在阳台上搭了一座木屋，还将剩余的板条钉了几只方形的木桶，盛满泥土，栽上植物，分别放在房间四角。鲜花罕有，绿叶为多。

最初是想把它作为一间新辟的书房，期待从中获得新的灵感，谁料坐在里边竟写不出东西来。白日里，阳光照进来一晒，没有涂油漆的松木的味道浓浓地冒出来，与植物的清香混在一起，一种享受生活的欲望被强烈地诱惑出来。享受对写作人来说是一种腐蚀，它使心灵松弛，握不住手里沉重的笔了。

因此，我没在里面写过一行字。每有"写"的欲望，仍然回到原先那间胡乱堆满书卷与文稿的书房伏案而作。

渐渐地，这间搭在阳台上的木屋成了花房。但它得不到我的照顾，我只是在想起给那些植物浇水时才提着水壶进去，没时间修葺与收拾。房内的花草便自由自在、毫无约束地疯长起来。从云南带回来的田七张着耳朵大的碧绿的圆叶子，沿着墙面向上爬，像是"攀岩"；几棵年轻又旺盛的绿萝已经蹿到房顶，一直钻进灯罩里；最具生气的是窗台那些泥槽里生出的野草，已经把窗子下边一半遮住。

一天，两只小麻雀误以为这里是一片天然的树丛，从敞着的窗子叽叽喳喳地飞了进来，使我欣喜至极。我怕惊吓到它们，不走进去，它们居然在里边快乐地鸣唱起来了。

一下子，我感受到大自然野性的气息，并感受到大自然的本性乃绝对的自由自在。我便顺从这个逻辑，只给它们浇水，甚至浇点营养液，却从不人为地改变它们。于是，它们开始创造奇迹——

首先是那些长长的枝蔓在屋子上端织成一道绿色的幔帐。常春藤像长长的瀑布直垂地面，然后在地上愈堆愈高。绿萝是最调皮的，它在上上下下胡乱"行走"——从桌子后边钻下去，从藤椅靠背的缝隙中伸出鲜亮的芽儿来。

几乎每次我走进这个房间，都会惊奇地发现一幅画面：一些凋落的粉红色的花瓣落满一座木佛，几片黄叶盖住桌上打开的书。一次，我把水杯忘在竹几上，一枝新生的绿蔓从杯柄中穿过，好似娇嫩的手臂挽起我的水杯。于是，在写作过于劳顿之时，或在画案上挥霍一通水墨之后，我会推开这个房间的门儿，撩开密叶纠结的垂幔，独坐其间，让这种自在又松弛的美平息一下写作时心灵中涌动的风暴。

我开始认识到这间从不用来写作的房间非凡的意义。虽然我不在这里写作，它却是我写作的一部分。

我被它折服了，并把这种奇妙的感受告诉一位朋友。朋友笑道："何必把现实与理想分得太清楚呢！其实你们这种人理想与现实从来都是混成一团的。你们总不满于现实，因为你们太理想主义。你们的问题是总用理想要求现实，因此你们常常被现实击倒在地，也常常苦恼和无奈。是不是？"

朋友的话不错。于是，我坐在这间花木簇拥的木屋中，心里常常会蹦出这么一句话：我们是天生用理想来生活的人！

（图/蛔菓猫）

楼上有楼

□尤 今

记忆里，那第一道通向我居处的楼梯，是非常原始的。

一家五口，挤在一间建在河畔的浮脚屋里。屋外有一道邋里邋遢的河，潺潺的流水声，唱的好似生活里一支呜咽的悲歌。

楼梯，是每天都要上上下下的，晴天时，踏在上面，它"咿咿呀呀"地响；跟在后头的母亲，总殷殷嘱咐：

"小心呀，不要跌倒！"

雨天时，泥泞一片，横流的污水，恣意侵蚀木质脆弱的楼梯，母亲撑着雨伞带我出门，一边走一边说："小心呵，不要滑倒！"

童年的我，老是担心它会突然"断气"而坍塌。每天上上下下时，总紧紧地抓着木梯的扶手，以致扶手那粗糙的木质都被磨得滑滑的。很幸运地，在木梯倒塌之前，我们便迁离了这间浮脚木屋。这一迁，便老远地迁到了新加坡来。住在火城一间租来的房间里，楼高四层，所租的房间位于顶楼。没有电梯，上下全靠"腿力"。

和怡保河畔的那道木梯相较，这是"风味"全然不同的楼梯。

它是水泥铺设而成的，牢固而安全。不很干净，梯阶上这里那里常常有散落的纸屑、烟蒂、果核；但是，晴天雨天，它都不会以腐朽的霉味来污染我的嗅觉，单凭这一点，便足以让我对它产生好感了。

我真正喜欢的，是这一座大楼后面的那一道可爱的螺旋梯。窄窄的梯阶，风情万种地扭来扭去，远远望去，好像一条飞舞的蛇。在螺旋梯上上下下，觉得自己在玩一个神秘有趣的游戏，以为来到了梯阶的尽头而尝到"碰壁"之苦了，可是，轻巧地拐一个小小的弯儿，眼前又有了新的去路。长大以后，才晓得古代的诗人老早就为这样的一个"游戏"写下了千古流传的佳句：

"山重水复疑无路，柳暗花明又一村。"

结婚后不久，买下了一幢双层的洋楼，生活才算安定下来了。依然有楼梯，楼梯在屋里。请了双亲来吃饭，这时，我亲爱的爸爸妈妈，已是华发满头了。当他们以蹒跚的步履上下楼梯时，我听到自己的声音在他们后头清晰地响起：

"小心啊，不要跌倒！"

当这两句话冲口而出时，我才恍然惊觉，几十年岁月，竟在弹指之间匆匆流走了。然而，父母曾经给我、而今依然持续的那一份爱，即使穷我一生的努力，也还是无法偿还的！

目前的我，每天依然很努力地在攀爬楼梯。这道楼梯，不是木质的，也不是水泥建的，它是以笔画来铸造的。

更明确地说，我爬的，是"文字的楼梯"。

它没有尽头，层层相叠，连天而去；原本以为"更上一层楼"了，岂知"楼上有楼"；上、再上，还是有"楼上楼"。尽管楼顶永远可望而不可即，可是，我已下定决心，这一生一世，不会让自己慵懒地坐在梯阶上歇息。

（图/HHYM）

顶针奶

□ 郭震海

顶针,曾伴随女人一生的物件儿。

在过去,做成一件衣服需要引千针走万线,顶针就是必不可少的工具,女人们一戴就是一辈子。

据说,最早发明顶针的是个老铜匠,他看到妻子在缝衣时,用拇指和食指捏着针身,手指上缠着厚厚的布条子,顶着针游走在衣服间,手指常常被针刺破,他就把铜皮剪了一条,卷成一圈,精心打磨光滑后,让妻子套在手上一试,果然比布条好很多,不过因为铜圈太光滑,针打滑,还是不如意。后来,老铜匠就在铜条上打出无数个小坑窝,妻子再一试,果然奏效。周围的女人们也纷纷效仿,老铜匠从此成了制作铜顶针的工匠,顶针就此流传开来。

从我记事起,张贵福的母亲刘秀梅,就是位很利索的老太太。按辈分,我应该喊刘秀梅奶奶。不过,在村里,我们习惯喊她"顶针奶",因为她的手上总戴着一枚顶针。

顶针奶不容易,她丈夫在垒大岸的时候,一块大石头没放好,滚下来,砸断了一条腿。瞬间,家庭重担全落在一个女人身上。顶针奶个子不高,只有一米五多点,跑起来带风,就像个陀螺。她一生养育了七个娃,四男三女。

孩子们吃饭半饱,她自己挨饿,无人看得见——但穿衣不行,七个娃娃到了上学的年龄,一个也不能穿带洞的衣服出门。但是,娃娃们淘气,本来就费衣服,加之一个个噌噌往高里长,常常是一个娃的衣服没缝好,另一个娃的裤子又破了。尽管生活艰难,但顶针奶手巧,她为娃娃们缝补,也缝得别具一格——让人感觉那块当补丁的布头,像是衣服的商标或一种设计,很是鲜亮。她的活儿做得好,也就揽了不少针线活儿。这个活儿,叫缝穷的。顶针奶一辈子就靠缝缝补补,撑起了这个家,养活了七个孩子。

后来,跟她一起缝穷的妇女,都换成了铜顶针,但顶针奶依旧戴着从娘家嫁过来时戴的铁顶针。那是她父亲用两颗鸡蛋从货郎担那里换来的,顶针奶一戴就是一生;顶针表面的坑窝早已磨平,最后光滑到无法发挥作用,顶针奶依然舍不得换掉。

七个娃娃,个个都很有出息,成家立业后,有人买戒指,有人买手镯,但顶针奶从没戴过,直到生命的最后,她依然戴着那枚铁顶针。临终前,大儿子握着母亲干瘦的手说:"妈,咱摘了它吧,戴个金戒指好不?"顶针奶慢慢抽回手说:"就让妈戴着它走吧,这就是妈最好的戒指。"二女儿说:"妈,听我哥的,咱就摘了它吧。"说着就去帮母亲摘手上的顶针,然而这枚顶针仿佛与顶针奶融为一体——原本的开口处已锈死了,深深地镶嵌在指头上。顶针奶在缩着手的同时,七个儿女纷纷落下了泪。

最终,顶针奶戴着它走了,这枚顶针也成为刘秀梅,这个农村女人一生的见证,见证她从活泼的少女到中年,到老去;这也成为她一生的荣耀,她靠这枚小顶针养育了七个儿女,个个顶天立地,有脸有面有尊严。

(图/张翀)

我是个手抖的人

□ 傅 斐

沙沙在微信里说:"你给我的签名照有些糊,再拍给我。"

我又发了四张照片给沙沙。沙沙说:"还是糊,是不是手机有问题?"

"可能是手机镜头不好。"我说。

不是手机有问题,而是我的手有问题。我抖,拍不了不糊的照片。但我没把这个实情告诉沙沙。是的,我是一个手抖的人。

我奶奶做针线活,叫我穿针。我左手握着针,右手握着线,眼睛看着针孔,看出斗鸡眼,线头还在针孔外左摇右晃,怎么戳也戳不进去。我握笔写字特别用力,不用力写不了字,字会歪歪扭扭,如一团蚯蚓。毛笔字写不了,一笔一画如锯齿。有一次,班级举行毛笔字比赛,每个人必须写,还要张贴在文化墙上。一节书法课,我只写了一个"人"字。书法老师把我的田字簿展示给全班同学,说:"同学们认真评点一下,这个字像什么?"

像两把挂在墙上的镰刀。像燕子的尾巴。像芒草的叶子。像我的两条小辫子。

同学们竞相发言,随之哄堂大笑。老师也笑,说:"我觉得像两条斗水的泥鳅。"又是哄堂大笑。我真是羞愧难当,涨红了脸,站了起来,自嘲说:"像阿凡提的两撇胡子。"

我不是一个爱和自己较劲的人。但我还是练毛笔字,一个人在家里练,照着字帖练。练习了一年多,我彻底放弃了。无论我多么专注地去写,每一笔落下去,还是锯齿状。我的手在抖,我控制不了。

我在青年时期,天天跟一个摄影师朋友混。我们去信江边拍鸟,拍渔人,拍落日;我们去铜钹山拍森林,拍春天的野花,拍湖泊。有时,他把相机给我拍,我会推辞,说:"胶卷那么贵,还是省省吧。"他说:"你跟我玩了这么多年,怎么拍不来相片呢?"

怎么回答呢?我不能说,我是一个手抖的人,拍不了。这是我的隐私,从无外人知道。

很多时候,我们得学会原谅自己,别和自己较劲——人在某些方面努力是徒劳的,哪怕是干一件微不足道的事情。比如,我拍不了一张不糊的照片。

因为手抖,我有很多事干不了。我学不了医,做不了外科手术。我学不了发动机修理,接不了线路。我当不了射击运动员,射出的箭不知道会飞向哪里。我也学不了画画,人物的神采和气象不会在我的笔下诞生。但是,干不了这些事,又有什么关系呢?

假如一位女士和我共进晚餐,我给她夹菜,她看到我手抖,会以为我非常激动。她会暗自甜蜜,我不会告诉她真相。

因为恐惧深渊、恐高,有很多神奇险峻的地方,我去不了、玩不了。我无法领略悬崖的风度,无法攀岩,无法跳伞,甚至摩天轮也坐不了。我不遗憾。

每个人都有自己的肉身边界。人在自己的边界之内生活。从这个角度讲,任何人都很渺小。当我这样想,在自己的世界里,我活得十分坦然无畏,我不会觉得孤独,即使我天天窝在家里。无论好的坏的,属于我的,我都欣然领受。或许,这就是顺从肉身的命运。

(图/陈明贵)

那些她不知道的诗

□ 申赋渔

有一天，我走在教室前面的长廊里，一个同学靠着木柱子笑吟吟地喊着："poet（诗人）。"这是他刚学会的单词。我没理他，装作没看到他。

他们已经知道我写诗的事了，他们从此就叫我诗人。

每个诗人都有自己的桃花源，一天，我忽然在校园背后的小河边找到了我的诗兴。除了上课，我就在此流连徘徊。在学校的背后，每天早上和傍晚，我都会沿着小河，一边走，一边读书。

我在小学的时候，就跟同学说过我的理想，我想当一个作家。我是个有野心的人。在写了一年多的诗歌之后，我开始偷偷地抄下那些发表诗歌的报纸和杂志的地址，我想投稿。

邮局不在街上，要从街面上的一个小巷子进去。坐在柜台后面的是一个女孩，跟我差不多年纪。女孩的眼睛里总带着笑，她抬起头，伸出纤细的手，递给我一个信封、一张邮票。整个过程中，我们不说一句话。

最后的大半年里，我每个星期都来寄一封信。直到我毕业了，要离开了，我们也没有说过一句话。

这个每天坐在柜台后面的女孩，每次从我的手里接过那厚厚的信封时，她不知道这里面的诗，许多是写给她的。

毕业了，大学没有考上。我在离开故乡之前，又去了一趟邮局。我已经忘了我是为什么骑着自行车出来的。我已经在外面逛了一天，突然就想来邮局看看。

排在我前面的是一位老奶奶。老奶奶有无数的问题在问她，她细声地一一回答。我想不到寄一封信能有这么多的问题。我也想了好些问题，想一会儿去问她。可是轮到我的时候，看到她对我热切的那一笑，我立即就张口结舌了。我看着她，把钱递给她。她像往常那样，递给我一个信封、一张邮票。我不敢看她的眼睛，就紧紧地盯着她递给我的那只手。手指细细长长的，像是透明的。指尖上有一抹淡红，像是害羞的脸。我接过来，我把一首没有任何发表希望的诗投给了一家杂志。整个小小的邮局里只有我们两个人。我把信递给她，她接过去，她的嘴唇动了动，像是要对我说什么，可是终于什么也没说。她转身把信投进了后面的筐子里。我还在柜台前面怔怔地看着。她看着我笑了，笑容与之前完全不一样，无比灿烂，像在画板上突然画出了一颗金黄色的太阳。她也看出来我想说什么，可是我什么都没说。听到门外有人走进来的脚步声，我转身走了出去。

到了门外，到了七叶树的底下，泪水突然涌出来。我知道，我再也见不到她了。

三十年一晃而过。今天，在我又想起她的时候，我的脸上依然会带着甜蜜的笑容。就像我刚刚从七叶树下面走过，跨过门槛，她从柜台后面抬起头来，那样年轻，那样美丽，那样甜甜地朝我微微笑着。

她永远在那里，无论我将变得如何苍老，她都是这样。

（图/熊LALA）

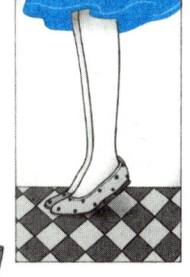

够得着的快乐

□刘世河

在我居住楼下的一间车库里，住着一对中年夫妻。男人每天骑着三轮车去附近的菜市场门口卖煎饼馃子，女人的腿患有严重的风湿，行走不便。一年四季，都可以看到这个女人一成不变地坐在门口的小板凳上，或帮男人择些青菜，或捧一本书很认真地读。有时候，什么也不做，就静静地坐在那里，笑容满面地看着来来往往的人，一副神态悠然、幸福祥和的样子。

有一次，我被她一脸的阳光所感染，主动跑过去跟她搭话，才知道她来自沂蒙老区的一个小山村，当年学习成绩一直很好的她因家境贫困，无奈放弃了高考。退学后来到这个靠海的城市给一家水产养殖户打工，也因此落下了风湿。后来就遇到了现在的老公。

她说，她非常喜欢读书，尤其羡慕我们这些会写字的人，能畅游在文字的海洋里多惬意呀！他们有一个十三岁的女儿，一家人吃喝拉撒都在这间不足二十平方米的小房子里。他们生活的艰辛与寒酸可想而知。然而，从这个女人脸上，看不到一点忧伤。她说："其实我很幸福的！第一，我遇到了一个好男人；第二，我有一个聪明可爱又懂事的女儿；第三，我只是腿有点不灵便，其他部件儿都很好呀！日子再苦，也能熬过去，尤其，我不能让老公和孩子看到我脸上的愁苦。因为那样的话，即使他们在外边有什么开心的事情，也会被这愁苦所钳制，他每天那么辛苦地养家，孩子那么努力地学习，我怎么忍心让他们不高兴呢？"

女人说这些话的时候，眼睛里始终有灵动的光晕在闪烁。她只是为了让那个每日辛苦养家的男人，还有年幼的女儿回家后第一眼看到的是她的笑脸。

不由想到一则故事：有一个富翁和一个穷人谈论什么是快乐。穷人说："快乐就是现在。"富翁一脸不屑地说："这叫什么快乐，我的幸福可是百间豪宅！"

过了不久，一场大火把富翁的豪宅烧得精光。一夜之间，富翁沦为乞丐。炎热的夏天，乞丐路过穷人的茅舍，想讨口水喝。穷人端来一大碗清凉的水，问他："你现在认为什么是快乐？"

乞丐说道："快乐就是天能够尽快凉快下来；快乐就是马上就能解渴；快乐就是此时你手中的这碗水。"显然，富翁把快乐的标准由"豪宅百间"降低到了普普通通的"一碗白水"上，他也终于彻悟：人只有把快乐的标准确立在能力所及的范围之内，才可以让快乐变得唾手可得。很多时候，我们之所以感觉不到快乐，就是因为我们把标准定得太高，正所谓，"人心不足蛇吞象"。蛇吞个鸡蛋、麻雀啥的还行，倘若一味地妄想吃掉大象，那必然一生都与快乐无缘。那些近在眼前伸手就能够得着的"鸡蛋、麻雀"，才是生命中最真实的快乐。

（图/小粒团）

为别人委屈自己

□陈鲁豫

记得学生时代,我看了琼瑶电视剧《几度夕阳红》,时间太久远,我早忘了是哪一位女明星主演,只记得男主角好像是秦汉。那部戏让我印象深刻的,是女主角妈妈的一句惊悚无比的台词:"女孩子啊,这一生一步错不得,一步错,步步错。"当年这句话就听得我无名火起。

剧中的女主人公梦竹,最终选择留在丈夫杨明远身边,拒绝了曾经的恋人何慕天,我当时只觉得成年人的世界复杂又可怕,现在我懂了,梦竹放弃的不是爱情,因为分离十八年的感情,顶多是看起来很美但根本不堪一击的肥皂泡,而十八年相守的生活才是一切。女主人公选择的是亲情,是相濡以沫的生活——它也许不美,甚至令她疲惫不堪,但倘若失去,她也会生不如死。就连至情至性到不食人间烟火的琼瑶剧女主人公,也没有为了别人眼中的幸福而委屈自己,她是为了尽可能将支离破碎的日子过下去,为了自己而委屈自己。

因为家人的压力只好去相亲,和不爱的人结婚,学了不喜欢的专业,做了没意思的工作,过着无聊的生活……所有的被动选择与半推半就,其实怪不得爸妈七大姑八大姨,说到底是自己懒了、累了、绝望了、想安稳了、退而求其次了,觉得能力有限不如算了。

这些其实都没什么,人在忍无可忍之前总是可以忍的——生活就是这么吊诡。极尽忍耐的日子也不是完全没有快乐,而比起激情与热爱,熟悉与安全更让人觉得妥帖、不可或缺。所以,当人们陷在可有可无的学业、工作、婚姻之中,觉得了无生趣的时候,我没办法不负责任地大喊:"等什么呢?赶紧换一种活法呀!"我只能像鲁迅先生那样,让你直面惨淡的人生。

我不担心人们会为了别人眼中的幸福委屈自己,我担心的是,人们会在别人的欢呼与鼓励声中做出貌似勇敢的决定:

"不喜欢你的工作和专业,换一个呀!"

"不想在小城市过一眼看得到头的生活,去北上广啊!"

"在大城市压力太大,回老家呀!"

……

生活中,最好时刻准备着和民意背道而驰。我还是更愿意屈服于自己,哪怕是自己的软弱。

最近我疯狂地迷恋自行车加地铁的出行方式,北京的秋天无比美好,我戴个帽子背着包,在我生活的小小的区域里自在穿行。我这样做,是因为这让我无比轻松快乐,仅此而已。等到天寒地冻的时候,我还是会缩回到房间、车里,那也是我的选择。

我在自己的世界里安静。周遭喧嚣着、变化着,我依然故我,这不是因为我勇敢,而是因为这是我唯一会的方式。我从来没有为了别人眼中的幸福而委屈自己,我只会为了自己认为的幸福而委屈自己。哈,说来横竖都是在委屈自己。

反正,我知道我要什么,我愿意为此倾尽全力,我也可以承担一切后果。

那么你呢?你知道吗?你愿意吗?你可以吗?

(图/吴敏)

一碗羊肉汤

□王南海

街角处的一家羊肉汤铺子里,大锅翻滚着,羊肉飘香。

我和爱人正喝着羊肉汤,只见一家三口走进来,像是老熟人一般,冲着老板喊:"三碗精品羊肉!我们就喜欢你家的羊肉汤。"老板乐呵呵地过来,招呼道:"好久不见!孩子越来越帅了!"

这一家人,男的看上去五十岁,尽管已经有了皱纹,身材却笔直,穿着黑色的棉袄,看上去很暖和。女人好像小几岁,胖胖的,眼睛很好看。他们的儿子一脸阳光,穿着笔挺的军装,看起来很是英俊潇洒。一家三口热乎乎地喝完羊肉汤,不时和店老板寒暄几句,很快就离开了。店里人不多,店老板也清闲下来,和我们聊家常。

"这家人啊,说来传奇。"老板慢慢地说。

"十年前,他们的孩子还小,一家三口第一次来到这个城市。那时候,别提他们有多窘迫了。当时他们从老家出来,几乎是身无分文。夫妻俩安排好孩子上学,就开始打工。那时候,他们每次来,都只点一碗肉。一家三口只是不断加汤。

"一年后,再见他们时,夫妻俩已经在工地上找到了稳定的工作,也有了稳定的收入。一家三口已经衣食无忧了。夫妻俩的气色都好了很多,偶尔也可以看到他们的笑容了。

"那一次,他们点了两碗羊肉。他们三个人,你推让我,我推让你。后来,就头对头地把那两碗羊肉吃完了。我知道他们舍不得多点一碗肉,就故意多给了他们一些。他们似乎也觉察到了。走的时候,一个劲儿地说:谢谢!

"后来,每次来,孩子的个头就不断地往上蹿,模样也越来越帅气。夫妻俩虽然也有些显老了,但是气色似乎越来越好。慢慢地,他们的工资涨了,就攒钱在市里买了一套小房子。他们说,第一次进去看房子,三个人都感觉像做梦一样。摸摸这,再摸摸那,平日里总给别人盖房子,如今,真的在城市里也有了自己的家,感觉一切都不真实。

"几年前,孩子从中专毕业,正好赶上国家征兵。这个男孩就去报了名,当了兵。因为素质过硬,经常被评为'优秀士兵'。三个人尽管在不同的地方,但彼此牵挂着。男孩特别懂事,有了补助金,就为爸妈买了一个电动的洗脚盆。父母特别开心,苦尽甘来。

"如今儿子早已转了士官,还去学校进修。这次回来,一家三口又特意来我这里吃东西。我是这个城市里,他们为数不多的朋友,也是我见证了他们一家三口这些年的变化。你看,现在他们那么开心,对未来的生活充满无限憧憬。"

老板说完他们的故事,我和爱人相视而笑。深秋里,喝着一碗香喷喷的羊肉汤,我们聆听了一个温暖的故事。只要我们每个人心怀梦想,勇敢向前,未来,也应该有着幸福的模样吧。

(图/陈明贵)

可爱的废话

□谭幼今

朋友们都发现阿季喜欢说废话，比方说，买鱼时，她常常会问鱼贩："这鱼，新鲜吗？"买水果时，她会问水果贩："这西瓜，甜不甜？"买粽子时，她会问摊贩："这粽子，好吃吗？"

有一回，在饭局上，好友们七嘴八舌地批评她："你的这些问题，答案永远只会是：很新鲜、很甜、很好吃。如果货色不好，难道说，对方会自砸招牌、自摔饭碗，告诉你不新鲜、不甜、不好吃吗？你明知故问，不是多此一举吗？"

阿季好整以暇地答道："你们所谓的废话，其实是内有乾坤的，我以此作为引子，引出许多我不知道的事实，进行自我教育。我天天问，天天学，学无止境啊！"

好友们哄然大笑，戏谑地反问："废话里，居然也有学问？"

阿季正色答道："许多摊贩，并没有把这当作废话，在他们一板一眼的回答里，我汲取到了许多可贵的常识。比方说，有一次，我问摊贩：这芒果，甜不甜啊？摊贩认认真真地回答：'你手上拿的这种长形芒果，称作蜜糖芒果，清甜，无纤维；如果你喜欢大甜又有浓香的，应该买黑金芒果。'我从没尝过黑金芒果，依言买回家一试，果然如此；自此，我才知道，同样是好吃的甜芒果，但甜味有不同的层次。又有一次，我问店员：这百香果，甜不甜啊？和气的店员滔滔不绝地告诉我，买百香果，必须挑选那些拿在手里沉甸甸的——越坠手的，果肉便越饱满；此外，她也明确指出：最甜的百香果，是那些果皮微皱的。我照她的话去挑选，果然精准。我这才了解，原来百香果就像家里的老人，脸有皱纹，却深具内涵，呵呵！"

有一回，阿季在一家传统的老鞋店看中了一双鞋子，问店东："这鞋子，耐穿吗？"那名爱阅书报的老店东幽默地回答："许多人以为鞋子是穿在脚上的，就不加呵护，实际上，鞋子是需要尊重，需要关注的。我常常看见别人从鞋柜高处取出鞋子后，松手就丢在地上，再顺势把脚套进去。嘿嘿，鞋子哪里经得起这样粗暴的对待，伤筋伤骨哪！这是鞋暴啊！还有，有些人买了鞋子，好长一段时间都不去动它，鞋子受不了这样的冷落，当然报复啦！它会硬化，脱胶，干裂。所以嘛，鞋子买了，必须不时取出来，吹吹风，亮亮相。鞋子受到尊重与关注，自然拼死为你效劳啦！"

阿季就凭着这个看似"无聊"的问题，在"生活的大学堂"里不断地上课、学习，不断地充实自己。当然，有时她也会碰到无礼或是应酬性的回答，对此，她笑道："一样米养百样人啊，阅读人的嘴脸，也是一种有趣的生活体验啊！"

饭局结束时，阿季慎重地告诉大家："这些所谓的废话，其实是一道道可爱的桥梁，它缩短了人与人之间的距离，把市井小民满肚子有趣的话逗引出来，使人际关系变得更为温暖，更为和谐。"

（图/熊LALA）

他的父亲

□[美]约翰·斯坦贝克

他是一个快要满7岁的好强的孩子。

有段时间真是糟糕透了,他每次经过那空气紧张的父母的房间到自己卧室去的时候,便感到畏缩。现在这情形总算没有了。家中一切都正常了。现在糟糕的是那条街上,孩子们都发觉了他家的异常。

有一天,他坐在门口的石级上,街上照常是那些汽车、三轮车、婴儿车和保姆,还有几个大点的孩子隔着马路在来往人群头顶上空把网球抛来抛去地玩着。

忽然那些孩子中间的一个——是阿尔文还是别人呢?这没有关系——说:"你的父亲到哪里去了?"

他应该回答说:"他出去旅行了。"但是他没有这样说。这询问使他气得肚子疼。

这时有三个孩子忽然唱歌似的一齐说着:"你的父亲到哪里去了——你的父亲到哪里去了——你的父亲到哪里去了?"

他被捉弄得发了慌,便撒起谎来,说:"他在家里。"

"是吗?为什么没有人看见他?"这次说话的是阿尔文。

"他在屋里工作,没事他是不愿出来的。"

那些隔着马路抛球的大孩子中间的一个,忽然停止了抛球,说:"他不敢承认,他的父母离婚了!"说完仍继续抛起球来。

正是这话——这可怕的话,这没有人敢公开告诉他的话。他从来不敢去问,因为这是可怕的,没有人愿意说起它。

于是,他好像听见自己在一遍又一遍地喊着:"他在家里!他在家里!他在家里!"又好像看见自己去向他们挑战,当他们笑他捉弄他的时候,他便向他们一个一个打了过去。一切就像平时将要睡着时看见的事物一样,但这一定是真实的,因为他的母亲忽然从房里跑了出来,把他抱到他的房里去了。

一定有什么事发生过,那次以后,再没有谁讲那话了。不过还是常常含在他们的眼睛里。倒是他们说出来还好点,那样他可以去打他们。一切只能闷在心里,闷得难受。

他坐在石级上,脚后跟在石头上踢蹬着,这是很容易把鞋子弄坏的,并且是很坏的习惯。他一面踢着,一面望着那经过的车辆。

他知道阿尔文要来了。他曾经看见他从隔两排房子远的地方拐弯向着这边走来。他想慢慢地站起来,等阿尔文走近的时候,对着他的脸打去。

这时他的胸中忽然有一种奇异的感觉——一种要炸裂似的感觉,这是那边那个有点相像的人影引来的。他再注意地望过去,果然是的。他的父亲从那拐角很快地向着他走来了,还是一向肩头有点摇摆的那种走法。

他闭上了眼睛。

他听见父亲走在人行道上的脚步声,那脚步声到他面前停止了。他觉出父亲也在石级上坐下来。

他的父亲说:"喂!"

他也轻轻地说了声"喂",仍旧把眼低垂着。

过了一会儿,他忽然抬起眼来大声地喊着:"我父亲在这里!你们不是要看他吗?"

(图/HHYM)

记忆中的味道

□康德华

从我记事起,家里的场院里或屋檐下总是有一个春夏秋蒙着白色网布、冬天蒙着塑料布的大酱缸。

每年初春,在黑土地里藏了一个冬天的各种野菜开始露出绿叶,每到这时母亲就带我和哥哥拿着"土篮子"、带着挖菜刀到大地里挖野菜。我们吃野菜的方式主要就是蘸母亲做的大豆酱。

每年一到腊月,母亲就会将准备好的黄豆放入水中泡发。大锅生火,将泡好的豆子和水放入锅中烀,烀好的豆子杵碎,做成一个个长方形的酱块子。酱块子用报纸包好,然后放在房梁上,等到了来年农历四月十八或二十八母亲就将酱块子打开进行清洗。因为酱块子是发酵的,经常会"长毛",母亲把酱块子上的白毛刷掉,然后开始正式下酱。

首先,要把酱块子掰开,掰成很多小块在阳光下晒着。然后按照一定的盐水比例,把掰好的酱块子按一层盐一层酱块子下到缸里。最后用干净的纱布蒙在缸口上,等着酱发。从下完酱开始,母亲每天早晨第一件事就是给酱缸打耙。酱耙是一根一尺多长的木棍,头上安个方形小木板,每次母亲给酱打耙我都蹲在酱缸旁边,目不转睛。只见母亲手握木棍,上下提动,随着酱耙的搅动,酱中的杂质浮在水面上,用勺子将浮在表面的沫子和黑色的杂质撇净,这样最后做出来的酱才是最干净的。经过大概半个月就可以食用了。

夏天母亲做的酱用处最大。每到吃饭时母亲就会吩咐我和哥哥,去园子里掐把葱叶、劈点小白菜、揪几根黄瓜,这时母亲早把烀好的茄子、土豆、倭瓜端上了桌,就着大酱我们有滋有味地吃起来……

那是参军走的前一天晚上,母亲帮我收拾个人物品还不忘装上一瓶大豆酱。每天高强度的军事训练、紧张的一日生活制度,不到一周就让我有点儿招架不住了。睡不好吃不香,我这种不正常的现象被班长发现了,班长找我谈心,问我是不是炊事班的饭菜不可口。我说:"炊事班的饭菜非常好,只是……班长,我可以吃大酱吗?"班长被我问得有点蒙。"当然可以啊。"班长说道。

当就着馒头蘸着母亲做的大酱开始吃的时候,我鼻子一酸,眼泪就止不住流了下来。一口大酱,让我想起了妈妈的饭菜,想起了家乡的味道。不为别的,就算为了家乡的这口亲切的大酱,我在部队也必须好好干,一定要干出个样子来,不让家乡人失望。

如今母亲进城了,快70岁的她已经有几年不下酱了。有时我和母亲商量能不能再下点酱,母亲坚决不同意,她说城里下酱不方便,会打扰到街坊邻居。其实,我知道母亲比我们家任何一个人都想念家乡大酱的味道,有时老家来人,母亲总是说起城里的酱,不如老家自己下的酱味正。但不管对家乡大酱如何惦念,母亲也知道绝对不能为了自己喜欢那一口,就给左邻右舍的生活带去麻烦。这也正是母亲一生的为人——处处为别人着想。

(图/鹿川)

替母亲穿针

□李汉荣

一根长长的线用完了，母亲细心地绾一个结。

这是驿站上的小憩，线的目的地还很远，线还要继续赶路，一直走到袖口、领口，走通衣裳的每一条道路。

又要换一根线了。

这时候，如果正逢黄昏，视力不好的母亲就会喊我们或邻居家的孩子，替她往针眼里引线。

记不清替母亲引过多少次线，但那种感觉我记得很清楚。

往针眼里引线的时候，那长长的线也引进了我的心眼里。

我垂直地举起针，对准光线，眯起眼睛，凝视针眼，轻轻地呼吸，集中体内的全部注意力，另一只手小心翼翼地举起线，拿针的手和拿线的手都不要颤抖。

针眼太小了，用目光反复打凿。

好！目光顺利地通过去了，线紧跟着目光也顺利地通过去了！

一次爱的凯旋！

针和线拥抱在一起，爱和爱拥抱在一起，然后它们结伴而行，跟随母亲的目光赶路去了。

那一刻，世界是那样单纯和率真，没有天堂没有地狱没有灾难没有风暴，只有一个小小的针眼！

那一刻我忽然发现：母亲的眼睛是世上最美丽的眼睛，从一孔小小的针眼里她也许不会看见更为伟大的事物，但她绝对从细微处发现了那些被惯于仰视的眼睛一再忽略了的细小而微妙的美丽。

那一刻我忽然明白：母亲缝的衣裳为什么格外温暖，针针线线都有她的目光和手温，每一个针脚都藏着她温柔的心跳。

那一刻启蒙了我的美学：天地固然很大，但肯定也是一针一线织成的，众多琐碎的事物织成了宇宙的大美；针眼固然很小，但它凝聚了散漫游移的眼神，透过这秘密隧道，你会看见事物的纹理和深邃本质，以及万物的灵魂。

那一刻我看见了遥远：世世代代的母亲不就是这样缝缝补补，编织了历史的经经纬纬？呀，透过小小针眼，我看见无数母亲们的眼睛，我看见她们手中的线，依旧在补缀着漫长的岁月和思念。

那一刻我懂得了：在夕阳下，替母亲穿针引线的孩子，都会有细腻的内心和善良的情感，他的眼睛不会变得浑浊和冷漠，一缕细小而纯真的光线，已永远织进了他的目光里……

（图/鹿川）

积极的人生不妨做减法

□梁晓声

某日,几位青年朋友在我家里,话题数变之后,热烈地讨论起了人生。

依他们想来,所谓积极的人生肯定是这样的——使人生成为不断"增容"的过程,才算是与时俱进的,不至于虚度的。

我听了就笑,他们问:"您笑是什么意思呢?不同意我们的看法吗?"

我只得说:"不举例了。世界上还没有人能想出一个绝妙的例子将人生比喻得百分之百恰当。

"我现身说法吧。

"我从复旦大学毕业时,27岁,正是你们现在这个年龄。我带着档案到文化部报到时,接待我的人明明白白地告诉我,我可以选择留在部里。但我选择了电影制片厂。别人当时说我傻,认为一名大学毕业生留在部级单位里,将来才更有出息。可以科长、处长、局长地一路在仕途上'进步'着!

"但我清楚我的心性太不适合所谓的'机关工作',所以我断然地从我的头脑中删除了仕途人生的一切'信息'。仕途人生对大多数世人而言,当然意味着是颇有出息的一种人生。但再有出息,那也不过是别人的看法。

"其实有些事不试也可以知道自己的斤两。比如一个成功的房地产商人,若改行做演员,恐怕是成不了气候的。做导演、作家,想必也很吃力。

"说到导演,也多次有投资人来动员我改行当导演。导一般的小片子,比如电影频道播放的那类电视电影,我肯定是力能胜任的。600万元投资以下的电影,鼓鼓勇气也敢签约。倘言大片,那么开机不久,我也许就死在现场了。

"我曾说过,当导演要有好身体,这是一切的前提。爬格子虽然也是耗费心血之事,劳苦人生,但比起当导演,两种累法。前一种累法我早已适应,后一种累法对我而言,是要命的累法……"

年轻的客人们听了我的现身说法,一个个陷入沉思。

最后我说:"其实上苍赋予每个人的人生能动力是极其有限的,故人生'节目单'的容量也肯定是有限的,无限地扩张它是很不理智的人生观。通常我们很难确定自己究竟能胜任多少种事情,在年轻时尤其如此。"

一种人生的真相是,无论世界上的行业丰富到何种程度,机遇又多到何种程度,每一个人比较能做好的事情,永远也就那么几种而已。

有时,仅仅一种而已。所以即使年轻着,也须善于领悟减法人生的真谛:将那些干扰我们心思的事情,一而再,再而三地从我们人生的"节目单"上减去、减去、再减去。令我们人生的"节目单"的内容简明清晰,于是使我们比较能做好的事情凸显出来。

所谓人生的价值,只不过是认认真真、无怨无悔地去做最适合自己的事情而已。

(图/熊LALA)

随遇而安

□莫小米

某医院让病人投票评优秀护工，一位60多岁的大妈得票遥遥领先，得到嘉奖。

护工大妈20多年如一日，每晚一把折叠椅，躺在病床边，喂药、端水，照料大小便，勤快，敬业。病人说，儿女哪有她做得这么好。

她身板硬朗，力气不惜，帮病人翻身、挪动，应对自如。

她非常警醒，做久了，还有些内行。晚间病情突变，她第一时间找医生，救过好几条命，家属视她为恩人。

问到起初是怎么想到做护工的，她说，当年丈夫得病住的就是这家医院，她全程陪护到丈夫去世，然后就留下来当了护工，这么多年，收入还不错，比在家务农好，靠当护工挣钱养大了子女。

青海玉树有个小老板，是浙江人。少年辍学，学了木匠手艺，四处打工，到三十好几，钱没挣多少，老婆也没讨到，有人介绍一同乡女子，在新疆做裁缝，两人状况挺相似，他决定去新疆。

新疆那么远，路上遇到活儿几处逗留，到玉树，接到对方信息："已找到男朋友，你不用来了。"就这样停留在了玉树，那地方有高原反应，他想无论如何是不会久留的。可是遇到了爱情，一个19岁的姑娘看上了他。10多年过去，他们的两个孩子都上学了。

随遇而安有些无奈，但也蕴含着生存智慧。

最近的一例更有意思。

去年10月的一天，傍晚时分。当时山东日照某住宅小区暂行封闭管理。小区周围，分布着不少商铺和学校。

这一天这一时段，外卖员小冯接了这一小区的单，在小区里总共待了不到五分钟，只差一步就出去了。

这一天这一时段，外卖员小潘因另一条路在修缮暂时封路，从这个小区的过道穿行，打南门进来，到了北门就出不去了。

这一天这一时段，一名高一学生刚放学，为了抄近路早点回家，从北门进小区，到了南门就不让出去了。

这三名路人，当晚在物业对付了一宿，听说好些天不能出去，刚开始也挺郁闷。然后想开了，既然如此，不如做点力所能及的事。通过核酸检测等程序后，他们组成了志愿者小组，每天早早起床，穿上密不透风的防护服，与业主对接需求，给他们收垃圾、消毒、送菜……业主感激，他们也乐在其中。

他们上了热搜，听说外卖员所在的公司为他俩申请了模范骑手，高一学生得到学校表扬，收到此生从未有过的这么多的感谢。

这就不仅是随遇而安了，三个年轻人，还忽然有了生命的存在感。

(图/木木)

站远一点，才有机会感动

□ 郭韶明

哈金有一个短篇小说《两面夹攻》，说的是亲人之间的距离。

在美国的儿子终于把在老家的母亲接到身边了，却发现，母亲一直没弄清在这个家的角色。儿子干脆以辞职为代价，让母亲意识到妻子在家里的地位，并打算趁失业之机让母亲回老家。计谋得逞，儿子却很难过，16年前参加高考，母亲撑着一把伞站在雨中等他，手里提着饭盒、汽水和用手帕包着的橘子。他俩各自湿了半个肩膀。"要是他能再对他们无话不说该多好。"

可是，和你的家人无话不说真的是一种理想状态吗？未必。起码，16年前的儿子，大概不会觉得当时的饭盒和汽水那么真实，那么值得回味。远离现场，以及与现状的对比，让那个普通的雨天变得不太一样。

不久前在父母的家里，看到一封大学时代写给老爸的信。妈妈告诉我，老爸读完信，泪流满面啊。她喜欢数老爸的流泪时刻，既然要数，肯定不多。第一次在另一个城市，和父母隔着300公里，好像之前18年所有的好感，全部跳了出来。

而现在，当我自嘲"煽情能力还挺强"的时候，与父母的关系依然是个跷跷板。同住的时候，会针尖对麦芒。隔空对话的时候，却你一言我一语的全是关照。

当然有人不同意。

他们说，亲密无间、有话直说不是家庭沟通的理想状态吗？有什么话不能和最亲近的人说呢？说吧，你的麻烦，你的压力，你的昨天，你的明天。你希望我做什么，你得说啊，你不说我怎么知道呢？可是，过多的语言和过度的交流，没有让他们走得更近，相反，他们会惊讶，我每天都在交流啊，为什么家人还在抱怨：你都不知道我在说些什么！

也有一种距离，你觉得很远。

尤其是老一代的知识型父母，他们天然地保持着对亲情的克制，于是你感觉不到他们的"亲"，或者他们自己也没弄清，如何在清高的身段下展示内心的情感。于是距离成了一道跨不过去的障碍，他们的家人，可能一辈子都觉得，这个老太太心里没有爱，实际上，是本性的压抑让一些东西藏得太深，谁也看不到。

你终于认识到，亲情好像存在一个悖论：当你和家人的物理距离近了，心理距离却远了；物理距离远了，心理距离又近了。

其实站远一点，不只是指现实中的距离，更是内心的一种独处。身在其中的时候，更多体验到的是一种胶着，悠然的状态总是要等到回望的时候，才能真切体会。

站远一点，也是一种适度的抽离。你知道家庭的中心在哪里，也知道活动的半径有多大，关键是，有的时候，你需要离开那个过于活跃的地带。作为观众，看看你生活着的那个现场，重新参与其中的时候，你一定会看到更多从前没看到的，那些瞬间。

（图/陈明贵）

知己是你的树

□陈 果

什么是知己好友?

我过得好,我也希望你过得好;我过得不好,我也希望你过得好;哪怕我过得不好,只要我可以,我还是会尽力帮你过得好。无条件地希望对方过得好,这才叫知己好友,这里面没有私心。

我们活在这个世界上,是大多数人的一团印象,是少数几个人的一个烙印。真正的知己、挚友就是互相生命中的一个烙印,你们之间有很深的连接,这连接不是物质上的、事业上的或者人情世故上的,而是存在性的。他们就像另一个你,你的另一些分身,你心里的另一些声音,他们是你散落在别处的一部分。所以这些人对你的了解,很多时候可能比你对自己的了解更深更真。碰到一些重要的事情,或者一些需要作出抉择的关键时刻,或许你自己都不知道要怎么做,该何去何从,但他们很可能知道你心里是怎么想的,依据对你的了解,他们大概能预测出你最终会怎么做。所以每到这种时候,你和他们的对话不是两个人的对话,而是发生在两个人间的一场自我对话。

《小王子》里把这样的情谊说成"驯养"。什么叫作驯养?这个词不够日常,我觉得没多少人能明白。我把它理解为"精神的连接",你跟这个人建立了一种精神的连接,这就是所谓的"驯养"。那什么叫作精神的连接?也许你们不是血缘家族,因为你们没有血缘关系,但从今往后,你们是精神家族,他是你的家人,是你精神家族里的一个成员,你们享用的是共同的精神上的血液。精神一旦接通了,就像血管里的血液接通一样,不是想断就能断的,断了你也就残疾了。所以,如果和一个真正的朋友断交,你也会残疾。如果你的一个真正的朋友去世了,其实也就是你的一个局部死去了。

所以,我觉得知己好友特别重要。

什么叫倾诉?全身心地说,倾心地说,这才是倾诉。什么是倾听?全身心地听,专心致志地听,这才是倾听。当你想要倾诉,却找不到一个愿意倾听的人,也许你最后也只能找到某一棵树。也许每一棵树里都藏了某一个人的灵魂,藏了很多人心里的故事和最深的秘密。

其实你的好朋友,就是你的树,你们互为树洞。只要你们在一起,就是一片森林,是精神世界的一片绿洲。

就像一首歌里唱的:"若是遇见从前的我,请带他回来。"记住今天的你是什么样子,当下的你是什么样子,如果十年以后,我们再次重逢,希望我还能够识别从前的那个你,你还能够识别从前的那个我,这是一件弥足珍贵的事情。

自我认识需要来自他人的评价,一方面是大众的看法,一方面是知己好友的建议。这两个标准都非常重要,前者在宽度上具有重要性,因为大众的看法具有普遍的参照价值;后者在深度上具有重要性,因为这个人足够懂你,他给你的意见会比大众的更接近你的心声。

(图/木木)

听父打鼾，拍儿入眠

□闻云飞

鼾声，如果是大学舍友的鼾声或合租伙伴的"雷鸣"，那可能是吵得你睡不着的噪声。但是，假如你已人到中年，在疲惫的人生旅途中，偶尔回家看看老父亲，陪他睡一晚，那这一晚他的鼾声，可能就像一首歌。

过年之后，我一起夜就睡不着。想着工作中自己负责的那摊子事儿，想着孩子的教育问题，想着想着就失眠。后来，情况越发严重，睡前一定要听舒缓的音乐。即使如此，一周还是有两三晚会失眠。

端午假期，我带着儿子回了趟老家。怕家人担心，我失眠的事没告诉父母。那天晚上，三岁的儿子吵着要跟奶奶睡，要听奶奶讲故事。我就跟父亲一张床，一如小时候那样——我依旧睡在父亲的脚跟处。

躺下之后，我问他："爸，你的血压怎么样了，还一直吃药吗？"父亲说："不吃了。前些日子，去村卫生所量了量，血压正常。""平时还是得注意点，葱头、芹菜啥的，常吃着些。""嗯……你最近单位没事儿吧？""没事儿，就是些琐碎事儿，鸡毛蒜皮的。"……

我知道，自己长久失眠、形容憔悴，让父亲担心了。没一会儿，父亲睡着了，很快就打起了鼾。

父亲打鼾，我是知道的。来之前，我就没想过能睡安稳。我本来打算带儿子睡的，而儿子半夜要上厕所、说梦话，肯定是闹得我睡不着——最近在家里，儿子都是跟妻子一起睡的。

父亲的鼾声有节奏地响了起来。乡村的夜晚，很黑很静，偶尔有一两声狗叫传来，让我想起小时候被邻居家的大黑狗吓得回不了家的趣事。当时，那条狗就在我家门口，而随后赶来的父亲，只做了个弯腰捡石子的动作，大黑狗就吓跑了。父亲跟我说："不要怕！你越歹势，它越强势！"

听着父亲的鼾声，想着小时候的事，与此相关的记忆，又如同春日消融的冰河，慢慢流动起来。

人的记忆或许是分类储存的，同类的记忆总是会同时泛起。我又不觉想到儿子入睡的习惯。儿子总喜欢摸着大人的胳膊入睡，有时候没摸到，小手还会四处乱伸，这时，我或妻子就赶紧把自己的胳膊伸到儿子的小手边，另一只手则轻轻拍着他，很快，大人孩子都呼呼入睡了。

听着父亲的鼾声，我想到了自己小时候的许多事儿，还有儿子的趣事。想到这些，我的心情是轻松的、愉悦的。此时，父亲的鼾声就成为缥缈隐约的背景音乐。不知不觉，我就睡着了。

那是我半年来睡得最香的一晚。回到家后，我主动提出晚上跟儿子睡。儿子还同以往一样，睡前让我讲故事，讲不了多久，就开始摸我的胳膊。这时，我轻拍着他，不一会儿，他就睡熟了——那小手还时不时在我的胳膊上来回摩挲。神奇的是，慢慢地拍着儿子，感受着他轻柔的抚摸，我竟然不用听舒缓的音乐就睡着了。

我的失眠现在已经好了。没想到，医院都治不好的病，被亲人治愈了。

（图/兜子）

少年的涅槃

□陈义怀

涂干西蹑手蹑脚下了床，踮起脚尖走到墙边取下遮掩在斗篷后面的包袱挎到肩上，然后移到门后一点点摇动着拉开门闩。他掏出一张揉得有些皱巴的纸，想把"父亲大人亲启"六个字抹平顺些。他把纸片从牛圈门缝中塞了进去，决然地转身走了。

打涂干西记事起，一天到晚总有干不完的活。父亲说穷人兴家只有八个字：刻苦耐劳，勤俭节约。父亲的节约到了可笑的地步：煤油灯的灯芯挑到最短，燃一粒黄豆大的光；碗里的饭是一颗不能剩的，掉到地上的也要捡起来吃了。在涂干西眼里，父亲吝啬、刻薄、蛮不讲理，如一座山横在他渐渐长大的心上。一个日益强烈的念头攥住了他：要跨越父亲这座山。他要去县城找活干，哪怕做苦力也行。

天很暗了，涂干西划燃随身带着的火柴，在跳动的火苗中，隐约可见坡地上散布着几根白骨。他一声尖叫，一个箭步跳下坡坎，重重摔在地上。涂干西又气又恼，手里的棍子狠狠在地上戳了戳。宣战似的说，老子今天就睡这儿了！结果这晚涂干西睡得出奇地好。他陡然明白了，没有杂念和恐惧，就什么也不怕了。

重新上路的涂干西像刚蜕了皮的蛇，焕然一新。第二天在期待和兴奋中很快过去，星星点点的雨滴开始落下，涂干西有些着急，他意识到自己走错路了。雨越来越密，夹杂着隐隐的雷声。涂干西只得抓着崖畔垂下的一段蛇藤爬到了山腰的一处洞穴。

半夜，一阵凄厉的嚎叫越来越近，猛然睁开眼，黑暗中两双绿幽幽的眼睛逼视着他。涂干西毛发直竖，顺手抓起棍子，身子死死地抵住岩壁。两个家伙一前一后一左一右朝他扑来，涂干西下意识地把棍子横着一挡，一只家伙前爪就搭在棍子上，涂干西全力甩推，那家伙跌撞在岩壁上发出一声哀嚎。他迅速抓起一块石头朝先前那只砸下去，一声惨叫后，洞穴里只回响着涂干西扑通扑通的心跳声。雨不知什么时候停了，借着月光，他看见两匹还未成年的狼横躺在地上。

涂干西扯了一绺布条缠在腿上，拄着棍子一瘸一拐出了洞穴。山风吹起他浓密的头发，他的脸庞已开始呈现青年的模样了。这会儿他有些想家了，甚至不怎么怨恨父亲了。可家的方向已分辨不清，城里的路也找不到。

晌午，一粒黑点从山脚慢慢爬上来，原来是走村串户的一个卖货老头儿。了解情况后，老头儿从担子里掏了一包药粉给涂干西敷腿上的伤。涂干西问，到县城还有多远？还有四五十里地呢。走了两三天，我还没走出十里路啊，我感觉自己走了好远呢！涂干西看着头发苍白的老头儿，突然想到父亲，他的鼻子一阵酸楚。

回到家时，涂干西觉得一下子过去了十年八年。爹正在给牛喂草料，听到动静转过身来，手里的一抱草滑落到地上。才两三天，爹一下子苍老了许多，以前那个凶悍凌厉的父亲消失了，他的眼睛红红的，满是哀伤。涂干西突然单膝跪地，爹，孩子错了！他看着父亲，就像看着一个老去的孩子。那一刻，他清晰地感到自己已跨越了父亲这座山。

(图/兜子)

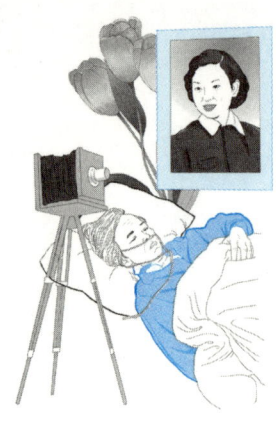

母亲与照片

□ 祝 勇

透过母亲的斑斑白发和满面病容，已找不出这张照片的痕迹。所以我对这家照相馆充满感激。应该是一架老式双反相机，一位戴眼镜的老摄影师，微笑着，钻进黑布里面，看向年轻的母亲。快门按下的声音十分轻微，未曾惊动母亲的笑容。

然后，母亲骑着单车回家。

应该是一个下午，有细腻的风和阳光——从衣着看，我相信那是春天。新的季节正通过它的每个细节一点点展开它的叙事。母亲是春天叙事的一部分。12岁，或者14岁的她，穿着干净的学生装，从春天下午的阳光中穿过。青春，曾经牢牢地攥在母亲手里。

母亲患上了骨癌，在病床上辗转反侧，通过表情来掩饰痛苦。她的骨骼X光片被医生办公室的灯板照亮，我面对着它，呆若木鸡。这可能是她一生中的最后一张照片。那张恐怖的照片像一扇漆黑的大门封锁了她的未来。X光片上，癌细胞正在策划对她脆弱骨骼展开攻势。疾病使身体成为负面的存在，每一寸肌肉都是对痛苦的证明。

医生告诉我，再发展下去，癌细胞的侵蚀可能会使她的脊柱折断。那样，她将截瘫。

我没有流泪。只希望她离去的道路平坦，不要穿越一片荆丛和沼泽。

时间是流动的，但它有时会给人造成停滞的错觉。照片加深了这种错觉，因为它具有截取时间的能力。但是停滞毕竟是错觉，当我们把所有的照片放在一起的时候，我们才意识到自己受到了照片的蒙蔽。时间并没有因照片的努力而停止脚步，相反，照片凸显了它的速度。

我用轮椅把母亲推到院子里。秋天午后的阳光已经含蓄了许多。门口的许多老人坐在轮椅上，围着花坛聊天。我把母亲推到树荫下，我想和她静静地待一会儿。我知道，这样的机会，不多了。

我想给她拍一张照片。但我不忍。疾病已经扭曲了她的面容，她目光浑浊，表情死板，口水不时从呆滞的唇边无意识地流下。更重要的是，她的记忆正在一点一点丧失，也许过不了多久，她就不再记得我是谁了。想到这里，我心里很难过。她和当初那个年轻而有活力的少女已经被分隔在时间的两岸，再也不能相聚。她们是同一个人吗？我时常会发出这样的疑问。

如果有一天母亲离开我，我会想她。但我放弃了为最后时刻的她拍照的想法。我们对照片的依赖是因为它具有不可比拟的真实性，但有些时候，这种真实性，恰恰是我们希望回避的。我更愿意面对母亲少女时代的笑容。如果说，所谓的永葆青春只是一种假想，那么，我心甘情愿地接受它的欺骗。

从医院出来，穿越纷乱的城市街景，回到母亲不可能再回来的家。当年那家小照相馆，或许正隐身于某条小巷里，在我的身后，一闪而过。

（图/池袋西瓜）

人生第一个行李箱

□韩浩月

书房里的书架顶端，有三个行李箱，是不同时期留下来的，有自己买的，有朋友送的，都没有坏，所以舍不得扔，出门的时候，会从中间随便挑选一个。

偶尔在书房里写不出来东西的时候，会盯着书架上的三个行李箱看，看着看着就会生发一些感慨：三个行李箱中，装着我不同的人生啊，每一个箱子里，都藏着一段段散碎的故事，只是有许多，已经没法再忆起。有一个行李箱，特别小，已经20余年没动用过它了，它被放置于床底下，估计现在也蒙上了灰尘，不知道里面装着什么，我也不敢把它拉出来，打开看看。

回忆如潮水。2000年，决定"北漂"时，我的这只行李箱，还是全新的，看上去小巧而精致，里面装着自己发表的文章的剪贴本，还有几沓崭新的方格稿纸。箱子是专为这次进京而买的，因为我隐约记得，沈从文1922年第一次来北京时，箱子里也带着这些"装备"。

出北京站时，沈从文曾深呼一口气说，"北京，我是来征服你的"。当站在无数人来来去去的北京站口，同样年轻的我，却不敢说出那句话，只是在心底念叨了一句，"北京，希望你能把我留下"。

带的行囊是一样的，志气却不一样，这也许就是我与沈从文的差别吧。行李箱中的那个剪贴本，成为我找到第一份工作的"证明"。仿佛是一种宿命，也仿佛是为了证明一些什么，这么些年来，有一摞摞的剪贴本堆积如小山，有一本本署着自己名字的书，加起来也是厚厚的一摞。

每每人生迷惘的时刻，这些积累的"财富"会告诉自己：你还很幸运，一直在做这样一件事情，并且有可能，一生只做这一件事情。

偶然也好，必然也好，年轻时的一段出门远行，决定了之后20多年的人生。这些年我曾无数次出门旅行，但内心深刻地知道，可以称为"行囊"的，只有20多岁时拎在手里的那只箱子。

那个行囊里装的不只是希望与憧憬，同时装于箱子某个隐秘隔层里的，还有一个年轻人对未知世界的恐惧与慌张。

如果我没记错，20多年前的行李箱里，还装有两件白衬衣，当年无论上班下班，还是外出谈事情，都会换上洗净晾干的这件，换下身上穿了一天的另一件。

这么多年来，没有改变的另一个习惯，就是每年都要买几件白衬衣。出门旅行的时候，也要至少把两件白衬衣折叠好放于行李箱中，这样一来，仿佛每一次出门，都是人生第一次出远门一样，充满期待和盼望。

也许未来，家里还会增加一两个行李箱，但我已决定，不会扔掉任何一个箱子，床底的那个，抽空也要找出来，用湿毛巾擦拭干净，并排放在书架顶端。

年轻的时候经常想：背起行李箱的人啊，要不停地走，不要停留，背起过行囊的人，永远没法回头；而在中年之后经常想的是：幸好有这些行李箱，它们的存在，好像在证明，这一生没有白活。

（图/木木）

我是这位美女的爸爸

□刘继荣

因为某部动画片，三岁的女儿念念不忘要骑马。这次，我特地带她去近郊草原。可准备骑马时，牧民大叔不同意了，他比画着："这个漂亮的小人没关系，你一上去，就会把我的马压弯变成骆驼……"最后，还是由朋友带着女儿骑了一回。

平日大大咧咧的我，忽然有些忐忑：我是否该减肥了？可是一看见鲜美的手抓肉，立刻将三魂七魄都交与餐盘。

回来后，女儿就要上幼儿园了。我牵着女儿的手，送她去报到。老师爽朗地招呼我："您是孩子爷爷吧？孙女这么漂亮，真有福气！"我瞠目结舌好一阵。

妻回家后，我愤愤诉说，几乎声泪俱下。她笑到咳呛，把我拉到镜子前："你不老，也不丑，只是比较胖，穿衣品位差而已！"

我翻出从前的照片，几乎受到惊吓：那样一个水仙少年，也会变成如今的大冬瓜。如果女儿再长大一点，一个将近两百斤、衣着品位烂到极点的爸爸，是否会让她难过？

不胜烦恼的我，打开一袋薯条和一罐饮料解忧。妻劝我，不如先戒掉垃圾食品。"孩子爱你且崇拜你，会学习你的勤奋和善良，也会模仿你的饮食及穿衣。"

早餐的浓甜咖啡换成清茶，夹黄油肉片的面包变成抹布样的全麦面包，花椰菜绿着张巫婆脸。谁要吃这些！我正准备嚷，女儿偎依过来。"爸，妈说你要减肥，真的吗？"她鼓鼓脸颊似玫瑰花苞，唇上染着牛奶沫子。我的心完全融化，万死不辞地回答："真的！"

午餐时的饥饿折磨，痛过失恋、落选、解聘。我推开妻为我准备的蔬菜水果与米饭，不顾一切地冲进餐饮街。忽然，我瞥见一位胖界小同人：男，十岁左右，正怒发冲冠，捶打路边栏杆。

我急急刹住脚步，问他缘由。胖子是信任胖子的，他说，刚刚吃饭时老爸作弊，明明吃了六个包子非说是三个。说着，他的四重下巴一齐抖动："说好一起减肥的，鬼鬼祟祟的大人！"他泪在眼眶，拳头红肿，我惊得肠鸣静止。想起早餐时对女儿的铿锵作答，我使劲将自己拽回办公室，凄惨地咽下了那份绿色午餐。

从前，我因为懒得走路，常把电脑椅当轮椅那样坐到卫生间，成为整栋楼的奇人。现在，我不乘电梯，每天沿楼梯颤巍巍上下，直爬得双腿发抖。

漫长的冬天终于过去，风和日暖，花海涌动。幼儿园要举办迎春会，女儿要参加一个集体舞蹈的表演。我脱掉羽绒服，竟找不到一件得体的衣服，那些休闲装通通像道袍般宽大滑稽。我特地去商场重置春装，并修剪了一个精神的短发。

迎春会结束后，有位鬈发小男生跑过来，要求跟女儿合影。他说："我知道你是谁！你们长得太像了，他是你哥哥对吧？你哥哥太帅啦！"这一瞬，我心跳目眩，兴奋得像氢气球飞到了云海深处。

只是，只是，我努力了那么久，仍然不是这位美女的爸爸。

（图／陈明贵）

一把稻穗的传承

□沈希宏

人们说，育种是一门艺术。我信以为是，就在田里搞水稻艺术。

其实水稻育种这门艺术，经常与泥水和阳光打交道。比如最近在海南，就天天猫在田里选收稻种。我在海南种了二十亩实验稻种，大概有四十万株水稻，孰优孰劣，我要一株一株拨弄和掂量，在我的实验记载本上加以详细记载。有时我用我的眼力，有时我也借助一些简单的工具，比如一根竹棒子，用来敲打露水，也用来拨拉水稻以观察全身。对了，你别说我是丐帮的好吗？

试验田的水稻，几乎每一株都有所不同，这也是育种的精髓所在。从事水稻育种的科研，会通过杂交、诱变、分子技术等方法，让稻子发生更多变化，从而进行新一轮的培育。拨弄每一株稻子，我要看它的长度、多少个稻头、稻种的色泽；柱头外露情况、品质、对稻瘟病的抗性；香不香，就在田间嚼生米或者把叶片揉碎了闻闻；或者别的什么性状。好的水稻选出来，也要人夸颜色好，也要清气满乾坤。

有时是站在这片田里，可是心思早已不知道飞往哪里。首先想的是待到八月，下一个季节，这个水稻在杭州会长成什么样子，能收到多少种子，明年能种在哪里，会受到农民喜欢吗，是不是如我所愿。

去往一片F2的稻田，就被一片繁花挡住了去路。F2，是水稻杂交的第二代，是各种性状分离的后代，高高低低，早早迟迟，显得繁花似锦。F2的选择，是做什么选什么，是初选。要细长粒，要长穗子，要有色彩，都是一目了然。一个上午或者下午的时间，我和助手都会选收好一桶满满的新的稻种。一把一把的稻穗，感觉粒粒晶莹，又如摇曳的风铃，撞罢晨钟撞暮鼓。

有时晚上，还跟同住的陈老师聊会儿水稻。陈老师富有经验，这回他又教了我怎么延长水稻的花期，怎么利用海南的好天气选育起点温度低的两系不育系。当然，青出于蓝，我也跟他比稻穗，哪个更粗，哪个更长。

一位小朋友还造访了我的试验田，看到各种各样的稻子，很是新奇。她妈妈跟人家要来了稻种，给她做实验。稻谷发芽第二天，她惊讶地跟妈妈说，妈妈妈妈，稻谷长出小脚了；稻谷发芽第四天，她开口嚷道，秧苗才露尖尖角；稻谷发芽第七天，她已经惊叹，妈妈，稻谷长成一片森林了。我相信，这么一种感性的认识，是对植物、对粮食的很好启蒙。会仿佛如此吧，眼前是一碗米饭，心中有一粒飞鸿。

有一年，一个作家来稻田采风，就住在我隔壁。我第一次滔滔不绝地跟一个外行聊水稻，虽然他也号称种田人。跟他喝酒，醉得走不动了，就坐到路边摊上继续换个地儿喝。继续念叨水稻，如念佛。我说水稻是不是很简单？你护它安好，它就饱满地低头回报。我说你可以跟水稻一起晒太阳，一起呼吸。我说我总觉得稻米如水，宁有种乎？稻米如水。那么选育是弱水三千，能舀几瓢是几瓢。

（图／张翀）

姐妹俩

□尤 今

姐妹俩年龄相加，刚好100岁：姐姐58岁，妹妹42岁。

姐妹俩云英未嫁，分别住在相隔一里之遥的公寓里。我与她们的关系，"九曲十三弯"地隔了很多层，只能不清不楚地称她们为表姐、表妹。

表姐已退休，身体不好，落落寡合；表妹在百货公司当主管，身强体壮，意气风发。姐妹俩天天晤面，却龃龉不绝。

每回到马六甲去，总能听到她们彼此投诉；越说越凶，最后，总是恶脸相向。

我自认旁观者清，觉得表妹处处体现温情，表姐却处处不领情，所以，总帮着妹妹说姐姐。

最近，又去马六甲，住在表妹家。

表姐一大早来，我在盥洗室，只听到表妹兴高采烈地说道："我一早上菜市，有上好的三层肉，顺便给你买了一公斤。"岂料表姐语气不乐地应道："我不是告诉过你，我现在已经减少吃肉了吗？上回你买的，我还没吃完哪！现在，这肉，我不要了。"表妹耐心地说："既然我已经买了，你就拿回去吧！"表姐坚持说："我吃不了那么多，不拿了。"表妹显然生气了，高声应道："你不要，就拿去丢掉好啦！"

我从盥洗室出来时，表姐变苦瓜而表妹变黄连，一室都是风雨欲来的死寂。我觑了个空，把表姐拉到一边，说："是你不对！妹妹好心买了肉给你，你却不要，多伤人！"表姐余怒未消，应道："已经说了很多次，叫她不要再买肉给我了，她老是不听。这一回，我硬硬拒绝，给她一个教训嘛！"我说："既然已经买了，你就收下慢慢吃嘛，她也是一片好心！"表姐说："她有的是好心，我有的却是苦心啊！你知道吗？她固执得像石头，别人的话，总当耳边风！"唉，我叹气。喊抓贼的往往便是贼，明明是自己固执，却说别人像石头。

表姐悻悻然地走了，那条丰满透亮的三层肉，意兴阑珊地躺在桌子上，一无是处地闪着身上的油光。

晚上，就寝之前，表妹问我："明天早餐要吃什么？"我坦白而诚恳地告诉她："明天中午12点，有人请我去吃牛肉火锅，我如果吃了早餐，绝对会辜负主人邀约我的一番好意。你千万千万不要为我张罗早餐，好吗？"她唯唯诺诺。

次日，睡到10时许，才懒洋洋地起身。一迈出房门，食物的香味便扑鼻而来。表妹满脸笑容地对我说道："我一大早便上菜市，买齐材料给你炒了这盘面，快点趁热吃！"我看看桌上那盘她用足心思炒得五彩缤纷又堆得好像小丘一般高的炒面，瞠目结舌。她催我："吃呀！快点吃呀！"此刻，在炒面袅袅升起的烟气中，表姐的话，清清楚楚地浮上了脑际："你知道吗？她固执得像石头，别人的话，总当耳边风……"

（图/罗再武）

江米芬的奇迹

□ 羽 毛

江米芬是个女人，命运不如名字那么写意。

她的童年并不快乐，父亲喜欢酗酒，喝醉了就打母亲。母亲素来神志不清，无法讨他欢心。几乎每次挨了打，母亲就在凌晨悄悄离家出走。父亲挥舞拳头，都是母亲扑过来替她挡着。有好吃的好玩的，母亲都会留给她……在孩子眼里，母亲没有缺陷。

幸好，出走三四天后，母亲会突然归家，笑嘻嘻地对他们姐弟张开胳膊，或许手里还有一把红彤彤的野果子。

父亲再次酗酒，母亲再次出走。有一次母亲走了，再也没有回来。江米芬每天都在找，但奇迹没有发生。

成长是孤独的，她保持着一个奇怪的习惯：不管去哪里，只要身边有流浪老人，她就会上前细细打量一番。

20年过去，江米芬成了大姑娘，大眼睛黑头发，从云南嫁到了河南，受丈夫大宠爱，和婆婆小姑也相处融洽。但她心里总有留白，只为母亲。

有一次，回云南探亲，江米芬在路上遇见一位流浪老人。同样神志不清，言辞模糊，她的心怦怦跳，面相太像了。她上前掀起了老人的头巾：老人的右耳也有个缺口，跟母亲一模一样。

江米芬拍拍老人的肩，说，跟我一起回家吧。老人顺从地点点头。父亲回来，她兴奋地喊来父亲相认，父亲看一眼，丢一句话："你认错妈了！"气愤之余，她决定把母亲带回河南的婆家。

婆婆发现媳妇竟然凭空捡回来一位老人，天天和她吵架，也很不理解。江米芬忍气吞声了一年，最终做了人生中第一个大的决定：离婚。失而复得的母亲，不能再放弃。

离婚后，江米芬认识了一个单身男人，苗根来。彼此情投意合。江米芬说："要娶我，就要养我妈。"苗根来一口答应。

这个从小失去双亲的善良男人，之后尽心尽力地照顾老人。他们添了一双儿女，收入微薄，但是老少同堂，其乐融融。

过了20多年的幸福生活，老人已是古稀。江米芬带老人回了趟云南，想认认亲，谁料村里的熟人，都说老人不是她妈，包括她的亲舅舅、亲弟弟。弟弟为了让姐姐趁早"觉悟"，凑了钱带老人去医院做了亲子鉴定，结果显示，两人没有血缘关系。大吃一惊的江米芬又主动和老人做了亲子鉴定。

拿着检验结果，江米芬彻底无语。弟弟说："别人的妈又不是咱妈！送养老院得了。"

她给苗根来打电话。男人说："犹豫个啥？马上把妈领回家来。我们已经养了20年，不在乎再养20年。"回到夫家，此事沸沸扬扬传开。当地政府闻听此事，给老人落了户，就用了江母的名字："江贵兰"。

媒体说，江米芬和苗根来缔造了一个爱的奇迹。

江米芬正对着镜头鞠躬："如果谁捡到我另一个妈妈，请让她吃饱穿暖，别惹她生气，她以前是很勤劳善良的——我谢谢您了！"

从来都是父母找孩子，原来孩子的爱也可以山高水长。从来都是只爱身边人，原来陌生人也可是身边人。江米芬让人相信，有了爱，一切皆有可能——这才是奇迹。

（图/池袋西瓜）

人间有味

□朱博艺

第一次吃折耳根。在菜市场看着新奇,买了带回家,切成段,脆生生,嫩嫩的,赏心悦目。用调味品拌上,急不可耐,还没等上桌,已然大动筷子。

刚入口,便差点吐了出来,原来这么难吃,简直是黑暗料理。是什么味道?又腥又怪,后来才知道,它还有一个名字叫鱼腥草,真是不枉其名。

其实我们小时候,遇到很多有刺激性的东西,都会望而却步。

比如辣椒,任何一个孩子出生的时候,都喜欢甜味儿,这种喜欢会延续很久,舔到一块糖,便会笑呵呵,如果碰到辣椒,便会大哭,显然不爱这种味道。真正懂得如何刺激自己的味蕾之后,辣椒便成了一些人的最爱。

同样不喜欢的便是苦味。苦在孩童的心里几乎可以和药画等号,哪里能入口?但是等到一年夏天,将凉拌好冰镇之后的苦瓜送入口中时,那种苦味简直让人感动到流泪,更别说,苦瓜塞肉这样让人咽口水的美味佳肴了。

在学校食堂逢着折耳根,也是一道凉菜,里面拌上了一些猪耳。那猪耳看上去脆爽至极,实在忍不住,虽然有折耳根的干扰,还是要了一份。只是拿到手的那盘,猪耳极少,和橱窗里摆放的完全不一样,真真是买家秀和卖家秀的区别,令人失望。

既然买了,吃还是要吃的,先挑卤猪耳。虽然少,但味道极妙,意犹未尽,戛然而止,盘子里只剩下折耳根,带着失落和怅然,让人连带着白米饭也难以下咽了。父辈从小教育我,不能浪费,忍着头皮发麻,将折耳根夹来,混着白米饭吃,有点猪八戒吃人参果,不敢去大嚼,只能这么囫囵吞下……

曾听人说,折耳根是寒性的,极佳败火的食物。次日,口腔溃疡真的好了,也不知是不是它的原因,欣喜之余,对它有了一丝好感,只是岁月流年,哪里记得这样的陪衬,年月久了,也就忘记了。

两年后的一天,朋友点了一盘凉拌折耳根,请我下箸。夹了一筷子,吃了一口,马上想起几年前那几次黑暗料理,然而这次并不是那么难以入口,反而有一股很有层次感的香甜,很是美味,几乎三下五除二便吃没了。

那个时候,朋友便笑了,没想到你竟然能接受这道菜。

我没有接话,不想告诉他,曾经我也视这道菜为仇敌,如今却变得如此喜爱。可见岁月是可以改变一切的,人生的丰盈便是在这里吧。

(图/叶姗姗)

燕子来时

□何君华

过完年,父亲又该出门去打工了。

临出门,他却放下行李,重新打开家门,扛了一把梯子爬到三楼,将三楼房檐下的玻璃窗推开了一道缝儿。我明白父亲为什么这么做——他是想让我们家的燕子在春天里能进屋筑巢。父亲说过,燕子是念家的,一旦选定一户人家筑巢安家,终其一生都会回到这户人家里,哪怕跋山涉水,也会年年回到"故乡"。

这让我想起小时候的一件事来。

那时,我上小学三年级,家里住的是泥瓦房,有一只燕子在我们家屋顶筑巢。

后来,看着新泥垒筑的燕巢,衔草进出的燕子,听着夜深人静时的呢喃,我心里想,它们的窝里还有什么?

一个周末的午后,我心血来潮,拿一根竹竿将房顶上燕子的巢穴捅了。

父亲回来,我看到他铁青的脸时,才知道自己闯祸了。父亲说:"古话说'燕子不进苦寒门,燕子不落忧愁家',农人都把燕子入户筑巢看作吉祥的征兆,燕子勤劳肯干,终日在空中捕捉苍蝇、蚊子等害虫,是农人最亲密的益鸟,巢穴也是一口泥一口泥地衔来的……"

听了父亲的话,我哭了!果然,整个春天和夏天,燕子再也没回过我家。我经常望着那房顶发呆。父亲看出了我的心思,安慰我说:"放心吧!明年春天它还会回来的。"

于是,我日日盼望过年。因为年一过,春天就要来了。

春天来了,燕子就该回来了。

在我的朝思暮想中,第二年春天,真有一只燕子飞到了我家。

我急切地问父亲:"是去年那只燕子吗?"父亲抬头仔细看了看,肯定地点了点头:"你看,它的脸颊是砖红色的,它回来啦!"听了父亲的话,我喜出望外,好像我的罪责减轻了一样。父亲的话得到了印证,燕子回来了,它是念旧的!我又看到了新泥垒筑的燕巢,衔草进出的燕子,又听到了夜深人静时的呢喃!

燕子的寿命只有十年左右。终于有一年春天,那只有着砖红色脸颊的燕子没有回到我家。我知道,它再也不会回来了。我虽然知道这是世间一切生物都难逃的宿命,但仍然难过不已。好在没过多久,又有一只燕子来到我家"安家落户"——那是一只有着普通棕红色脸颊的燕子。

很快,又看到新泥垒筑的燕巢,衔草进出的燕子,又听到了夜深人静时的呢喃了。这使我感到心安,整个春天抑郁的心情终于得到缓解。

去年,我们拆了家里的泥瓦房,当然连同燕子的巢穴也拆掉了。在原来的宅基地上盖起了一幢崭新的三层小楼,特意用青琉璃瓦盖了屋顶——是为了方便燕子回来筑巢。父亲心里一直记得,来年外出打工时,一定要将房檐下的玻璃窗留一道缝儿。这样,即便一整年锁着门在外头打工,我们家的燕子也能找到回家的路。

(图/吴敏)

暴风雪后的马群

□格日勒其木格·黑鹤

有个老父亲孤独地死在家中,死在通着电的电热毯上,热气加速腐败,导致整个电热毯都被油脂浸透。

儿子前来处理遗物时,发现地板上铺满了钱,那些钱浸透了父亲的油脂。他赶紧捡,连手套也顾不上戴。其实遗物整理师会把纸钞擦干净消毒后返还给家属,但面对一地的钱,儿子太急切了。

这是韩剧《我是遗物整理师》中一个令人心颤的场景。同名纪实文学《我是遗物整理师》,作者金玺别,从事遗物整理十四年,经手过一千多个遗物整理现场。特殊的经历使他的内心温暖而强大。

每接受一单委托,他通常要用一两天来整理现场。金玺别总结自己的工作:"以敬畏之心清扫遗体留下的痕迹,把逝者放在手边、藏在被褥下的遗物珍重地放入专用收纳盒交给遗属,让逝者的生命余温继续温暖他们的家人和朋友。"

他收拾过很多"一团糟"的遗物现场,大都是因为主人生前不舍得丢东西,而这些"舍不得、丢不掉"的东西,对生者来说,有可能是负担。

因此金玺别归纳了"圆满人生的七大守则",读来颇受启发。

一、请养成整理的习惯;二、如果有话难以说出口,请用文字写下来;三、重要的物品请放在容易找到的地方;四、请不要对家人隐瞒病情;五、请充分享用所拥有的物品;六、请为自己而活;七、最后能够留下来的,是与所爱之人的共同回忆。

有人死后留下的东西太多,有些人留下的又太少,甚至连一张遗像都找不到。

杨鑫,陕西商洛的一名摄影记者,四年前偶然的山村走访,随手给一位老人拍了张照片,老人十分开心:"等我过世了,放在家里用,给家人留个念想。"

很多老人一辈子没走出过大山,过世后连一张用来祭奠的照片都找不到,只得摆放一个木板牌位。

杨鑫的心被刺痛,产生了免费给老人拍遗照的想法。第一次行动,生怕来的人不多,没想到现场很热闹,有人喊来了老兄弟老姐妹,甚至有被家人用推车送来的。

四年来,杨鑫和她的伙伴们已为两千多位老人拍了照。值得一说的是,有些老人觉得拍遗照应该严肃,还有人因为缺了牙,觉得咧嘴不好看,但杨鑫总是逗他们开心,拍下来让老人自己选。无一例外,他们最后都选了开怀大笑的那张。

人活一世,应该留下什么?金玺别希望人们留下爱的回忆,杨鑫希望老人留给孩子们微笑的脸。

(图/陈明贵)

烟云供养

□耿艳菊

我老家的门前,有棵老槐树,在一个风雨夜里,被雷电击折了。家里来信说:它死得很惨,是拦腰断的,又都裂开四块,只有锯下来,劈成木柴烧罢了。我听了,很是伤感。

后来,我回乡去,不能不去看它了。

这棵老槐,打我记事起,它就在门前站着,我们做孩子的,是日日夜夜恋着它,在那里荡秋千、抓石头、踢毽子,快活得要死。

冬天,世上什么都光秃秃的了,老槐也变得赤裸,鸟儿却来报答了它,落得满枝满梢。立时,一只鸟儿,是一片树叶;一片树叶,是一个鸣叫的音符:寂寞的冬天里,老槐就是竖起的一首歌子了。于是,我们就听着这冬天的歌。

如今我回来了,离开了老槐十多年的游子回来了。一站在村口,就急切切看那老槐,果然不见了它。夜里,我无论如何不能睡得,走了出来,又不知身要走到何处,就呆呆地坐在了树桩上。

小儿从屋里出来,摇摇摆摆的,终伏在我的腿上,看着我的眼,说:"爸爸,树没有了。"

"没有了。"

"爸爸也想槐树吗?"

我突然感到孩子的可怜了。我同情老槐,是它给过我幸福,给过我快乐;我的小儿更是悲伤了,他出生后一直留在老家,在这槐树下爬大,可他的幸福、快乐并没有尽然就霎时消失了。

"爸爸,"小儿突然说,"我好像又听到那树叶在响,是水一样的声音呢。"

唉,这孩子,为什么偏偏要这样说呢?是水一样的声音,可是水在哪儿呢?

"爸爸,水还在呢!"小儿又惊呼起来,"你瞧,这树桩不是一口泉吗?"

我转过身来,向那树桩看去,一下子使我惊异不已了:啊!真是一口泉呢!那白白的木质,分明是月光下的水影,一圈儿一圈儿的年轮,不正是泉水绽出的涟漪吗?我的小儿,多么可爱的小儿,他竟发现了泉。

"泉!生命的泉!"我激动起来了,想这大千世界,竟有这么多出奇,原来一棵树便是一条竖起的河,雷电可以击折河身,却毁不了它的泉眼!

我有些不能自已了。月光下,看着那树桩皮层里抽上来的嫩枝,是那么精神,一片片的小叶绽了开来,绿得鲜鲜的,这绿的结晶,生命的精灵,莫非就是从泉里溅起的一道道水柱吗?

小儿见我高兴起来,他显得也快活了,从怀里掏出一撮往日捡起的鸟的羽毛,万般逗弄,问着我:"爸爸,这嫩枝儿能长大吗?"

"能的。"我肯定地说。

"鸟儿还会来吗?"

"会的。"

"那还会有雷电击吗?"

小儿突然说出的这句话,却使我惶恐了,怎样回答他呢?说不会有了,可在这世界里,我仅仅是一个小小的分子,我能说出那话,欺骗孩子,欺骗自己吗?

"或许会吧,"我看着小儿的眼睛,鼓足了劲说,"但是,泉水不会枯竭的,它永远会有树长上来,因为这泉水是活的!"

我说完了,我们就再没有言语,静止地坐在树桩的泉边,在袅袅起动的风中,在万籁沉沉的夜里,尽力平静心绪,屏住呼吸,谛听着那从地下涌上来的,在泉里翻腾的,在空中溅起的生命的水声。

(图/罗再武)

香到谷子里

□沈希宏

办公桌上放着一小罐香米，时不时就打开闻一下，特别沁人。

香稻自古有之。东汉张衡的《南都赋》里说："滍皋香秔。"最早用文字记载了香稻。杜甫诗云："香稻三秋末，平田百顷间。"杜甫又诗云："东渚雨今足，伫闻粳稻香。"山水诗人谢灵运也云，"芗萁香粳"。可是因为古代香稻产量低，又遭鸟虫，种植得并不多。只有一些富裕人家，在送往迎来的时候使用香米。一些特殊区域种植的，贵为贡米。

稻子抽穗了，稻花香人间。平常我们说的稻花香是一种泛指。就像恋爱的人儿，会说空气都是香的。"稻花香里说丰年"，是一种草木的自然芬芳。"尘甑家家饭已香"，那是妈妈喊你回家吃饭。

香稻却是自带香味。科学研究已探明，稻米的香味来自一种挥发性的芳香化合物2AP，分子式为C_6H_7NO。控制香味产生的是badh2基因。也就是说，香稻携带有badh2基因，可以一代一代遗传。由于基因内会有少数碱基对的变化，所以香味有浓郁，也有散淡。有茉莉花型、紫罗兰型、兰花型等。也还有臭屁虫那样的，是的，臭屁虫。有一个很简单的例子，比如香菜，有人会说好香，有人会说难闻。香臭只在一念之间，有时就差了一个碱基。

香稻全身皆香。田里植株，叶片，稻穗，花，种子，哪怕是根，都会散发香味。走在一片香稻田里，那就是走在一个香海里，所谓"上风吹之，十里闻香"。唐代的张九龄写道："绿穗靡靡，青英芝芝。""芝"就是香，香稻在抽穗期就芳香四溢了。紧接着他又说："不丰其华，但甘其实。"是说香味对产量没有帮助，但会好吃。香跟种植的环境也有关系。据说四川就有块香米田，种什么稻子都是香的。

香气，不但人类热衷追逐，虫鸟也是。我在试验田里，种植着成百上千个水稻材料，田鼠就爱找那个香的吃，哪怕在稻田中间也不辞辛劳地赶过去。麻雀也是，秧板上盖着薄膜呢，也想方设法钻进去，先吃香的。当然，也顺便帮我选种了。

国际市场上香米的价格是普通米的2~3倍。著名的有泰国香米、印度巴斯马蒂香米、柬埔寨香米等，是稻米国际贸易的主要构成。

我国有香稻资源一千多种，有些品种的名字就很香，如过山香、十里香、十八道、丝苗、香禾、螃蟹谷、豪枕、小站、占城稻等。《红楼梦》中有专供贾母食用的御田胭脂米。

康熙皇帝还发现并培育了一个御稻米，其色微红，气香而味腴。他说："朕每饭时，尝愿与天下群黎共此嘉谷也。"

因为香稻珍贵，也受到现代育种家的重视，培育的香稻新品种越来越多，种植越来越广。如五常稻花香、江浙地区的软香粳、南方稻区的香籼米，老百姓都能吃到。

闻香仙难持，千里一瞬归；此米凡间睡，不若随我回。

香稻，已渐渐开始吃香。

（图／蝈蒽猫）

幽默和诗

□周国平

儿子叩叩性格开朗，喜欢逗趣，富有幽默感。他的幽默是暖色调的。

他喜欢和妈妈一起睡大床。后半夜，妈妈把他挪到了小床上。

早晨醒来，他想回大床睡，看妈妈为难，就出主意道："我们给这小床起一个名字吧，叫大床。"

包饺子，他包得很不规整，我仍夸他包得好。他纠正："不是好，是我包得很特别。"

有一只包得皱皱巴巴，他说："这个应该说包得复杂。"

妈妈安慰说："你包得好玩。"

他说："我肯定要包成好玩的样子，因为我不知道正确的包法。"

我俩躺在床上，他摸着我的手，说："你的手老了，这么多皱纹。"

我说："把你的小嫩手借给我吧。"

他答："不能，这个小嫩手是小孩用的，你用不了。"

他夜里睡不着，妈妈就和他聊天。我假装沮丧，说："我睡不着就没人聊天，只好看书。"

他说："看书也算是聊天，是和字聊天。"虽然对，但他是得了便宜又卖乖。

妈妈伸开两臂躺在地上。他抬起她的一条胳膊，放到她胸前，另一条同样处理，说："我把你当衣服叠起来。"

他说："爸爸是西瓜，妈妈是哈密瓜，姐姐是蜜桃，我是青苹果。"

我问："为什么是青苹果？"

他答："你们都会被吃掉，青苹果涩，没人吃。"

他要教我魔法，我问要付多少学费。他说："一分钱。"

我惊叹："这么便宜！"

他解释说："对我们神来说，魔法太简单了。"

我要去齐齐哈尔出差，他讲他对这个城市名称的印象："好多人站在那儿聊天。"

动画片里，一个人物的嘴夸张地向两边拉开，呈一条宽线。

他说："他一着嘴。"把"一"用作动词，精练而形象。

一个小伤口已结痂，他说："痂是小肉肉在长的时候的屋顶。"

他向我报告："小灰尘从腿上掉下去了，腿是灰尘的悬崖。"

那个感应垃圾箱的电池没有电了，他让我找三节七号电池。家里没有新的，有一些用过的，我在录音笔上一节节试，看有没有电。这些电池摊在桌上，他形容说："它们在排队体检。"

冬夜，室外奇冷，我去散步。他叮嘱我就在院子里，不要去公园，那里太冷了，我答应。他说："如果你去公园，一会儿我要去找一块人形的戴眼镜的冰了。"

我心想：一篇童话。

(图/小粒团)

与 600 棵梨树相伴

□余 冰

当大家疯狂地在朋友圈晒出自己的18岁照片时，妈妈告诉我，她的18岁是和600棵梨树一起度过的。

1990年，妈妈的18岁卡在了20世纪最后一个10年的开端。她的18岁没有蛋糕和口红，只有南方深秋的雨和满山黄绿色的梨树叶。

18岁前，妈妈还是一个不知天高地厚的青春期"叛逆"少女。在之前几年的中考时，妈妈就和小伙伴商量着不参加：上高中有什么用？除了按部就班地接受应试教育，人生就没有其他选择？外公听说自己的女儿不去考试，痛心疾首："你的成绩不是挺好的吗？考上了就可以上高中读大学呀，我把被子卖了都会供你去读书。"对于农村家庭来说，读书是最好的出路，但对当时的妈妈而言，却不想循规蹈矩地过完一生。

20多年后我问妈妈，有没有后悔过当年的选择，她叹了一口气："自然后悔过，当年自己的考虑太过片面，但回到当时，可能还是会作一样的决定。"

离开学校的妈妈去建筑工地搬过砖，学过裁缝，但都做不长久——她也不知道自己想要什么，又能干好什么。在1990年8月，还有3个月就满18岁的妈妈经人介绍，来到了城郊的园艺场，这一次，她在那里待了整整3年。

那时的园艺场还是人人艳羡的国有企业——管吃管住，有固定工资，妈妈到园艺场时，只剩下两个空缺的职位，一个是食堂的厨娘，另一个便是看管梨树。

妈妈想着，自己从小学习插秧栽禾，农活儿应该难不倒她，便应下了管梨树的任务。

管梨树很辛苦，要除草、施肥、松土，还要打药防虫害。600棵梨树布满了整个山头，每干一项活儿，便要翻越整座山。

最初几天，妈妈自己一个人默默地除草，背着器械给树苗打药。干了几天，每天累到骨头散架，待管理的梨树却依旧看不到尽头。这样可不行，需要请人帮忙。然而，园艺场除了提供吃住和必要的劳动工具，不会另外出钱雇人，果树收获时，则是所有员工一起参与。妈妈盘算了一下，当时工资一个月才60元，请人则是每人2元一天，在每个月固定的时间请人帮忙，工资刚好能填上，自己也能轻松一点。妈妈很满意自己的计划，省出的时间，可以做其他更有意义的事情：比如，和专业的园艺师学习如何育苗；在树的间隔处种豆类植物，既能除杂草，又能养土地，长出的豆子还能做菜。

在与梨树打交道的过程中，妈妈的18岁生活一点一滴地流逝，平淡而安静，甚至没有18岁前的生活"有意思"。但妈妈却没有了18岁前"躁动"的情绪，在这种平淡的生活中安安稳稳地度过了3年。3年后园艺场进行改造，缩小了果园的面积，于是妈妈辞去了工作，经营起了县城里的一家小书店，如同看梨树一般安稳。

18岁标志着成年，却未必波澜壮阔，零点的钟声敲响，等待你的也未必是脱胎换骨焕然一新的自己。18岁之后，成长的烦恼依旧如影随形，前路依旧是一片未知的迷雾，但妈妈在与梨树相伴的18岁里，找到了平静地独自走下去的勇气。

（图/小兔子妈妈）

执子之手，与子偕老

□浮生默

我和柯基犬默默相依相伴已5年有余。

2012年12月18日，它出生了。2013年2月24日，正值元宵节，我把刚断奶、两个月大的它接回家，它正式成为我的"犬子"，有一天，一桩意外之喜令我茅塞顿开，它终于有了自己的名字：默默。

默默，这个名字我太喜欢了。从此，我和默默的美好时光正式开启。

初来乍到时，凡是稍高的地方，默默几乎都爬不上去，却又万分执着，反反复复蹦着跳着，不知疲惫地挑战自己。

遇见楼梯，它先试探着伸出一只小短腿，惊觉太高，大大超出了它的攀登范围，赶紧把腿收回来，换另一只小短腿一试深浅。面对一级台阶，它要磨蹭大半天。每次见它下楼梯，我都能笑上好几天，因为它根本不是下楼梯，而是滚楼梯——既然腿短不中用，它索性破罐子破摔，滚吧！它浑身皮糙肉厚，想必滚起来也不疼。滚了几回之后，楼梯对它而言再不是难题，用"健步如飞"来形容它的速度也毫不夸张。它将拥有大长腿的我远远甩在身后，还特意回头望我，似乎在催促："妈咪，加油，我等你！"

默默的趣事数不尽道不完。

默默两岁时，我想让它体验游泳，书上说狗天生会游泳，不会溺水。于是，我信心满满地将它放入水中，没想到它顿时吓傻了，我恨铁不成钢，赶紧把它从水里捞出来，它双脚刚一着地，就发疯似的往家的方向狂奔，我在它身后笑得眼泪都出来了。

据科学论证，柯基犬的智商位居全球所有犬类第11位，对此我深信不疑。狗和人生活久了，即使彼此语言不通，但狗对人的心思早已领会。

每天清晨，我一醒来，默默立马贴到床边，奋力将两只小前爪搭上床沿，一番哼哼唧唧，我懂，那是它在对我说早安。我伸出手，摸摸它的小脑袋，它便舔舔我的手，作为回应。见我起身下床，它就飞奔向自己的饭碗，知道我马上要为它准备早餐。见我换鞋，拿起它的项圈，它就知道我要带它出门玩儿了，兴奋得"汪汪"直叫，每次遛狗结束，只要我喊一句："电梯来了"，它就立刻奔回我身边，唯恐错过电梯。

上班族早出晚归，我难免会冷落它。有一次，它忍无可忍，在家里大搞破坏，将我正在批改的厚厚一沓学生作业本从沙发上刨到地板上，将滚筒卫生纸撕得粉碎，将我新买的凉鞋咬烂，还将我尚未开封的护肤品包装盒也咬破了。试想，当你身心俱疲地回到家，一开门，看到眼前这一幕，得多崩溃？当时，我养狗经验不足，抡起拖鞋打它屁股，它疼得"嗷嗷"直叫。后来，我才明白，它的所作所为不过是抗议，它用一种并不理智的方式提醒我："妈咪，我想你了，你可不可以陪陪我？"

（图/点点）

总有人拼尽全力地活着

□姓氏乔

楼下小卖部的老板总是对人爱理不理,说话也含混不清。

每次见到他,他都搬一个小板凳坐在那里,对着一台十一寸的电视看《还珠格格》。我特别不爱去他那儿买东西,别家老板都健谈勤快,哪儿像他,除了看剧,别的事情压根儿不关心。

但他家的东西便宜,一盒软玉少五毛钱,所以爷爷总是差我去他那儿买烟。

那天爷爷来家里,烟抽光了,又让我去买。我没洗头没洗脸,只好硬着头皮,戴了个口罩匆匆下楼。

小卖部老板果然又在看电视。

我说:"拿包软玉。"

他没听见。我敲敲玻璃,桌上的棒棒糖货架震了震。

"老板,来包软玉!"

他看得特别入神,惊了一下,然后转了过来。我有点着急,指了指烟架:"软玉。"

别口型的余地也没有。但他却没有向我求助,而是努力地,假装自己只是没有听清而已。

那一刻我忽然很愧疚,落下口罩,夸大口型说:"软玉。"

他立马辨认出来,然后弯下腰,拿了烟。我把钱递了过去,他抽出一张五毛钱给我,匆匆地又把头转了过去,耳根通红。

那一刻我们都很窘迫吧,他的秘密被我发现了,而我惭愧自己方才的怒气。

后来我总是到他那里买东西,他的东西便宜,质量也好,只是人少言寡语。

我终于明白了他一年也没有看完一部《还珠格格》的意义,他在反复学习人说话的口型,以至于能够更清楚地明白顾客的要求。而我每次结账时,总会想起那天的窘迫。

生活很不容易吧,上天也很不公平,纵然他已经熟稔地能够辨别人的口型,但总有一些逃不掉要用听力的时刻。

那一刻他面红耳赤,窘迫无助,但没有认输和示弱,他嘴里反复念叨着不同烟的名字,其实那是在努力地维护着自己那一份小心翼翼的自尊。而那一刻的我呢,从对这世界无情的责怪中猛然一惊,对生而为人的那份渺小的坚持,忽然动了恻隐之心。

人间太荒唐了,但总有人拼尽全力地活着,只为了挽救于万一。

(图/罗再武)

"哼"匠老梁

□尚书华

认识老梁是四十多年前的事。那时他在林业局文工团当美工,其貌不扬,个矮、罗圈腿。当年他不过四十多岁,但说六十岁也有人信。我到文工团报到的第一天,见面时一怔,心想:文工团不都是俊男靓女待的地方吗?怎么长这模样的也能进来?随之又一想,莫非这人有大本事?

这个想法很快得到了证实,此人的确不可小觑。有人告诉我,老梁是"特招"进文工团的。他没事就一个人憋在木匠房里鼓捣。渐渐地,戏耍他的人少了,有人还当面夸他两句。他听了都不以为然,顶多用鼻子"哼"一声,宠辱不惊。

那年,文工团排了一台大型话剧,布景难度很大,当时的美工完成不了。有人推荐老梁去试试,老梁去了。工会主席打量他半天,问:"你行吗?"老梁听了,二话没说,扭头就走。工会主席连忙一把拽住说:"试试,试试。"老梁"哼"一声,勉强留了下来。

老梁到了文工团,原来那个美工成了他的助手,老梁有条不紊地利用十几天把全场布景赶了出来。全团员工都觉得神速,直夸老梁。工会主席乐得眉飞色舞,彩排那天把局党委书记请到了俱乐部,看完演出后,把老梁拽了过来,对书记说:"这可是个大能人,宝贝哪!调文工团吧!"书记说:"就按你的意见办。"就这样,老梁被调进了文工团。

老梁渐渐有了名气,省林业厅要在全省林业企业中举办一次"新兴林场沙盘模型设计"比赛,地点在省城。老梁自然被选中。临行前,局工会主席好一番叮嘱。老梁听到最后,习惯地用鼻子"哼"一声,连句话也没有。

比赛共十天,前七天筹备,后三天安装。参赛的其他人前七天都各自憋着劲闷在房间里鼓捣。只有老梁这边,剩下最后一天了,还是一片空白。然而,就在比赛的前一天晚上,老梁开始从房间往展厅一趟趟折腾东西。老梁一直忙到天亮,比赛正式开始了,在老梁的展区,一夜之间魔幻般地呈现出一座漂亮的林场模型。厅长参观时更是乐得合不拢嘴,说想不到咱林区还真有能人,瞧瞧,除了小点,跟真的一样,以后的林场就按这个样子建。

面对荣誉和赞美之声,老梁依旧习惯性地用鼻子"哼"一声。如今,老梁已故去十几年了,但有关他的故事仍在林区流传,且愈传愈神奇、版本愈多。人们总会说,一个相貌不佳的人,靠过人的本事,赢得了别人的尊重,捍卫了自己的尊严。

(图/吴敏)

会有人撑船过海，渡你回家

□语笑嫣然

我和咕咕已经五年没见过面了，见面那天，约在了花市旁边的咖啡馆。她顺道拎来了两盆多肉，说是送给我的，一盆叫宫灯玉露，一盆叫霜之朝。

咕咕还开玩笑说，你可得好好给我养着，养得好就证明我们的友谊能长存，养死了我们就得友尽。还是那个古灵精怪的咕咕，老习惯一点都没变。

我想起上大学的时候，常有人在背后说她脑子里总想些不着边际的事。比较著名的黑历史，就是上大二那年，有一天，咕咕看到我们辅导员跟一个女学生在食堂吃饭，态度很亲密，而且辅导员还把自己碗里的荷包蛋给了那个女生。咕咕心下一惊，突然发现师母也来了食堂。于是她二话没说冲到师母面前，硬要拉着她换个地方吃饭。师母搞不清状况，被咕咕连拖带拽，结果撞上了送汤的食堂大师傅，一个倒栽葱，栽进了那种半人高的不锈钢汤锅里，整个食堂的人都被惊动了。

事后咕咕才知道，那个女学生就是辅导员的侄女，根本不是她以为的什么暧昧关系。

咕咕脑子里那充满戏剧色彩的想象力被同学笑了半年多，不过她倒不在乎，人生如戏嘛，不自己添油加醋，哪够味呢？

所以，咕咕如果喜欢一个男生，她一定不会径直走到对方面前说句"我喜欢你"那么简单。

她会在假期的时候冷不防跑到男生的老家去，摆出一副"我是来旅游"的样子，巴巴地求对方给自己当导游。

她的第一个男朋友就是这样手到擒来的。

咕咕和男友在一起三年多，后来因为工作调动，男友去了深圳。他希望咕咕也能跟自己一起去深圳打拼，可没想到咕咕居然给他描绘了异地恋的美好，最后两个人吵了一架，以分手收场。

这次再见到咕咕，她的左手无名指上已经多了一枚闪闪发光的大钻戒。

她结婚了。她和丈夫是在旅途中邂逅的。

之所以会有那场说走就走的旅行，咕咕说，是因为那天她得知，初恋结婚了。

她突然就矫情起来，心想：生活还有诗和远方呢。她便决定去远方散心，操着一口非常不流利的英文报了欧洲十日游。就因为英文不流利，她遇到了麻烦，幸亏有个好心的中国游客帮她解了围。

后来，她跟对方聊起自己旅行的缘由，竟然哭了。她一哭，对方就觉得她简直可爱无敌了。

于是，那位中国游客现在就成了咕咕的丈夫。咕咕说："他就喜欢我这样的。"

是啊！他就喜欢我这样的。这八个字简直是幸福的人撒给全世界的狗粮。哪怕全世界的人都觉得你槽点满满，可他就是觉得你光芒万丈。

我是相信奇遇的。

我相信，即便你深陷黑暗，也有人为你掌灯；即便你流落荒岛，也会有人撑船过海，渡你回家。

（图/木木）

终生有痛来，亦可不悲哀

□语笑嫣然

无意间看到一个帖子，楼主提问：到目前为止，你人生中经历过最痛苦的一件事情是什么？

第一个回复的人说：去年圣诞节，为了给他惊喜，悄悄地坐长途火车去找他，他见到我后说，我们分手吧！我觉得整个世界都塌了。

也许发这条回复的女孩想起当时的那段经历，依然刻骨铭心、伤痛难填，但后面却有人吐槽她：矫情。

也有网友说：如果这就是你人生中经历过的最痛苦的事情了，那我真羡慕你啊！

我有一个朋友，也有过近似于第一条回复那样的经历。精心策划的一场约会，却被男朋友回馈以扎心的一刀：我们分手吧，我爱上别人了。我朋友说，那还是她人生中第一次体会到什么是天旋地转。

我朋友曾经把这件事情归结为她二十五年的人生里经历过的最痛苦的一件事情。殊不知，在她二十七岁那年，用自己熬更守夜赚回来的钱买了一套期房。房子建到三分之二，开发商资金出现问题，工程被搁置了。

我朋友撸起袖子跟所有业主一起大闹售房部，结果被一个倒塌的展架砸伤了。

后果就是她腿部骨折，连路都走不了了。

她躺在医院里，对我说："你看吧，人生哪有什么最痛苦呢？痛苦永远都是陆续地来，一山还比一山高。"

而我真正体会到那种一山还比一山高的痛苦，是从我姨妈身上。

我大学毕业那年，姨父出轨，和我姨妈离了婚。离婚后，姨妈只身来到重庆，在一个朋友的公司工作。住的地方就是公司的仓库，在大厦的最顶层，有一扇关不了的窗户，冬天的风呼呼地刮。那时我去看她，听她描绘关于未来的工作和生活计划。虽然她眼里满是疲惫，但眉宇间依然有光彩，那是坚强与希望的光彩。

然而半年后的一天，我接到她的电话："孩子，你能不能来医院一趟？"

在医院里，医生给了她一张死亡通知书。是肝癌。我永远都记得她说，曾经以为失去爱人，生活捉襟见肘就已经是天大的痛苦了，现在才觉得，那算什么呀？

有句话说得对，在生死面前，一切都是小事。

最后的那段时光，我姨妈经常半开玩笑说的一句话就是："你现在吃的苦都不算苦，总还会有更苦的，你别着急啊。"

我姨妈能把这句话说得不带一丝抱怨。

这不是悲观，而是提醒，提醒我们要把眼前的痛苦跨过去，心知前路还会有荆棘，要做好坦然面对的准备。

时至如今，我再想起她，总会想起那年蔷薇盛开的春季，她坐在微风轻拂的花架前，拍下了人生中的最后一张照片。照片里的她骨瘦如柴，脸色蜡黄，但笑容却比那些蔷薇花还要灿烂。我希望自己也能如她那般坚强，面对前路种种未知的痛苦。痛苦之存在，何尝不是我们仍真实活着的证明？

（图/张翀）